D1626852

ne m'oublie pas maoro!

x-111
―――――――
4 A-1

Titre original :

DENK AN MICH, MAURO

Une production de l'Atelier du Père Castor

EVELINE HASLER

ne m'oublie pas maoro!

traduit de l'allemand par
MARIE-CHRISTINE MIDROUILLET

illustrations de
NATHAELE VOGEL

castor poche flammarion

Eveline Hasler, l'auteur, est suisse.

« Rien n'est plus fantastique que la réalité, dit Eveline Hasler. Celle qui me fascine le plus, c'est la condition de l'homme, les circonstances de sa vie, les relations entre les hommes.

« J'ai écrit l'histoire de Maoro pour que les jeunes lecteurs sachent qu'il y a encore beaucoup d'enfants en Europe vivant dans des conditions différentes des leurs, ayant d'autres difficultés, d'autres plaisirs. Bien des enfants vont en été ou en hiver passer leurs vacances en montagne, mais ils ignorent souvent tout de la vie des enfants du pays.

« Pour écrire ce livre, je suis allée dans le petit village de Maoro. J'ai parlé aux gens, j'ai observé leur vie.

« Ecrire est ma passion. J'ai été professeur d'Histoire et de littérature, mais depuis quelques années, je m'occupe uniquement de mes livres et de ma famille. J'ai trois enfants déjà grands, la plus jeune a treize ans! Nous vivons dans une petite maison avec un grand jardin sauvage à Saint-Gall, en Suisse, entre les montagnes et le lac de Constance. Nous passons nos vacances en Italie. Pour y aller, nous traversons les Alpes et c'est ainsi que j'ai découvert le village de Maoro, près du col de San Bernardino. »

Marie-Christine Midrouillet, la traductrice, apprit autrefois à l'école le grec et le latin. Pour le choix d'un métier moderne, ce n'est pas vraiment utile puisque justement, ce sont des langues que plus personne ne parle. Mais elle connaît aussi le russe et l'allemand tel qu'on le parle et tel qu'on l'écrit. Alors quand on a l'habitude des dictionnaires, et que l'on désire faire sentir et connaître comment d'autres peuples pensent et communiquent, on devient traducteur.

Nathaële Vogel, l'illustratrice, est née à Strasbourg en 1953. Depuis sa petite enfance, jusqu'à l'âge de vingt ans, elle vit à Boulogne-sur-Mer, où elle est fascinée par la mer, les falaises, les rochers couverts d'algues, l'immensité des plages.

Elle fait ses études aux Beaux-Arts de Tourcoing.

Nathaële Vogel a déjà illustré plusieurs ouvrages pour les jeunes. Elle aime en particulier la nature et les animaux qu'elle tente de saisir par le dessin dans leur mouvement.

Ne m'oublie pas Maoro!

Maoro habite dans un petit village de la montagne suisse. La construction d'une nouvelle route bouleverse la vie des gens du pays. Ils ont de plus en plus de difficultés à nourrir leurs familles. Les parents de Plinio, le meilleur ami de Maoro, vendent leur maison à un citadin qui va la rénover, et partent en ville.

Les soucis et les difficultés se multiplient pour les parents de Maoro; une partie du troupeau de moutons effrayés par l'orage se précipite du haut de la falaise. Devront-ils, eux aussi, abandonner la terre et aller chercher du travail à la ville?

1. Tante Flora

Maoro habite un petit village de montagne.

Lorsqu'on prend la nouvelle route du mont San Bernardino pour aller ver le sud du Tessin* ou même en Italie, on aperçoit son village là-haut sur les pentes du val Mesolcina. Si vous le voyez un jour, vous le trouverez certaine- ment minuscule : c'est un petit groupe de maisons, avec quelques étables. Il semble qu'on pourrait

* Tessin : canton suisse (sud des Alpes).

toucher les toits du bout du doigt, en tendant la main.

Maoro habite l'une de ces maisons qui surplombent la pente comme de gros rochers. Elles ont des murs épais en pierre et des toits couverts de plaques de schiste. Elle ont été construites pour affronter le vent et le mauvais temps pendant des siècles.

Lorsqu'on flâne dans le village en suivant la petite route qui monte en lacets à travers les maisons, on remarque que certaines étables, et deux ou trois maisons sont vides : des touffes d'herbe poussent sur les toits; les murs s'écroulent par endroits; il y a des vitres cassées. Les habitants sont partis dans le nord, ou dans la vallée, la vie y est plus facile et l'on y trouve du travail dans les usines.

Ce matin de juin, Maoro descend
la rue du village avec un sac à dos.
Il traverse la petite place encore à
l'ombre. La vieille Balbetta, qui
sort pour nourrir ses lapins,
s'étonne :
– Déjà en route? C'est pourtant les
vacances?

– Je vais dans la vallée, chez ma tante.

– Ah, la grosse Flora, celle qui habite près de la cascade?

– C'est ça.

Maoro est un peu fâché. Tout le monde ne peut pas être aussi maigre que Balbetta, qui est un véritable échalas!

– Il y a bien longtemps que je ne suis pas descendue, ça ne me dit plus rien depuis qu'ils ont construit cette nouvelle route; avec ce vacarme et cette puanteur!

La marmite rouillée, remplie de croûtons de pain, se balance au bout de son bras décharné. Maoro l'entend encore grommeler toute seule devant les clapiers.

Il prend le chemin poussiéreux qui descend vers le torrent. Comme chaque fois, il s'arrête un moment sur le pont. Bien qu'il

10

n'ait pas plu depuis une semaine, les eaux de la Moesa roulent avec force, car là-haut, au sommet du mont San Bernardino, c'est la fonte des neiges. Des rochers et des souches forment une île au milieu du torrent qui se divise en deux bras écumants. Maoro aimerait bien descendre au bord de l'eau pour construire un barrage, mais aujourd'hui, il n'a pas le temps. Il est pressé d'arriver chez Tante Flora. Que peut-elle avoir d'important à lui dire?

La veille au soir, Toniolo, le camionneur, est venu chez lui. Il a frappé à la fenêtre de la cuisine et il a appelé la mère de Maoro qui préparait la *polenta**.

– Vous avez le bonjour de Flora! Elle voudrait que son filleul vienne

---

* *Polenta* : semoule de maïs.

la voir sans tarder. Elle a quelque chose d'important à lui dire. Elle ne m'a pas dit quoi. Elle a ses petits secrets, là Flora!

Le camionneur s'est mis à rire, d'un rire rauque et saccadé, comme s'il avait une quinte de toux, et il a accepté d'entrer pour prendre un petit verre de gentiane.

– Flora veut peut-être quitter la cascade pour s'installer ailleurs, a dit Maman à Toniolo qui s'était assis en face d'elle. Elle m'a dit une fois qu'elle n'avait personne à qui parler en hiver, sauf ses chèvres.

– Ça doit être dur pour elle, qui est plus bavarde que sa cascade!

– Vas-y demain, Maoro, lui a recommandé Maman. Il faudra que tu conduises les bêtes à l'alpage cette semaine.

Maoro descend à grands pas

vers la vallée. Après avoir traversé le village de Mesocco, le chemin passe près d'un château fort en ruine, qui a l'air d'être posé là sur sa butte, comme un verrou qui bloquerait le passage de la vallée. La route fait un détour pour l'éviter et passe au pied de l'éperon rocheux.

Les prés sont fleuris de boutons d'or et de crêtes-de-coq. Maoro entend le bourdonnement des insectes et au loin, sur la nouvelle route, le crissement des pneus sur l'asphalte.

Il ne comprend pas pourquoi les gens se plaignent de la nouvelle route. Jour après jour, en descendant à l'école de Mesocco sur son vélo bringuebalant, il a vu progresser la construction de la route. Maintenant, elle s'élance hardiment depuis les hauteurs vers la vallée avec de larges tournants et jette ses ponts audacieux au-dessus de la Moesa. A flanc de montage, elle s'appuie sur d'énormes murs de soutènement.

La maison de Tante Flora est située un peu à l'écart, sur l'autre versant de la vallée, au pied de la paroi rocheuse. Maoro doit traverser la route. Ce n'est pas facile pendant la saison touristique : les voitures défilent sans arrêt et passent à toute allure. Maoro a pensé plus d'une fois que ce serait bien agréable d'être assis dans une de ces autos qui filent comme le vent; mais jusqu'ici, il a dû se contenter du camion cahotant de Toniolo.

Maoro a demandé l'autre jour à son père :

– Tu ne pourrais pas nous acheter une voiture, juste une petite...

Mais son père s'est mis à rire.

– C'est déjà beau d'arriver à vous remplir l'estomac tous les jours! Si il me reste un peu d'argent, il y a des tas de choses plus urgentes : des canalisations neuves, par exemple, ou un ventilateur pour le foin.

Une voiture ralentit soudain et se gare sous les peupliers. Maoro traverse la route en courant lorsqu'à l'arrière de la voiture il voit deux enfants qui lui font des signes.

Les portes s'ouvrent et les enfants sautent à terre. Avec leurs vestes et leurs pantalons bleus, ils ont l'air légers comme des papillons. Ils portent des sandales. La petite fille tire son frère par le bras et montre en riant les vêtements de Maoro.

Vexé, Maoro baisse les yeux sur ses chaussures cloutées, couvertes de poussière, et sur les deux tubes informes en lainage marron que sa mère a taillés dans un vieux pantalon de son père. « Ils se moquent de moi, pense-t-il. Mais moi aussi, je les trouve bizarres. Ce serait drôle s'il fallait qu'il sorte le fumier de l'étable avec son costume bleu! »

Maoro attaque la pente qui monte vers la maison de Flora, et voit les deux enfants le suivre. « Ils veulent voir la cascade de près », se dit-il.

Arrivés là-haut, les deux enfants s'arrêtent, éblouis.

– Oh, je n'ai jamais vu une cascade aussi belle! s'écrie la petite fille.

Les enfants restent immobiles, perdus dans la contemplation des sommets. La cascade semble jaillir du rocher. Du haut d'une paroi les masses d'eau retombent en nuages vaporeux.

– Vous venez?

Maoro montre au bas de la cascade les éboulis, où l'eau s'abat en giclant de tous côtés. Mais les enfants, qui viennent d'entendre leur père siffler, haussent les épaules :

– Nous devons retourner à la voiture, mais cette chute est formidable. Tu viens souvent jouer ici?

– Oui. (Maoro ment sans hésiter.) La chute d'eau appartient à ma tante.

Les regards des enfants expriment l'admiration. Quel dommage que Maoro ne puisse leur montrer comment il grimpe entre la chute d'eau et la paroi, en sautant de roche en roche. Personne ne monte aussi vite que lui.

Mais soudain, il entend appeler.

– Hé! Maoro!

C'est sa tante qui ouvre ses volets. Elle doit sortir du lit car ses cheveux noirs en bataille ramassés au-dessus de la tête font penser à un nid de cigogne. Elle se donne un coup de peigne avant de passer la porte et, du plat de la main, efface les plis de sa robe à fleurs.

– Mamma mia! s'écrie-t-elle en serrant Maoro dans ses bras, tu n'as pas été long! J'ai parlé à Toniolo hier matin et tu es déjà là. Tu dois te demander ce que j'ai à te dire.

Lorsque Tante Flora rit, ses boucles d'oreilles tintent, et ses joues rondes et son menton en sont tout secoués.

– Prenons d'abord le petit déjeuner!

Elle étend la nappe bleue sur la table du jardin. Elle y pose le café, le pain, le beurre et le miel de sapin qu'elle récolte elle-même.

Maoro mord à belles dents dans sa tartine de miel. Il sent sur sa peau le souffle frais de la cascade.

Après quelques gorgées de café, Tante Flora s'explique :

– Tu sais sûrement que je voulais partir à Bellinzona, parce que je suis trop seule ici. Là-bas, Grand-Père s'occupait d'un restaurant et je pensais le reprendre. Mais depuis qu'on a construit la nouvelle route, c'est moins désert. Tous les jours, des étrangers viennent jusqu'ici admirer la cascade. L'autre jour, pendant que je vidais des poivrons, un touriste est venu s'asseoir à côté de moi : « Je vous en prie, *Signora*, cette cascade me donne une telle soif, vous n'auriez pas un verre d'eau ? »

– Tu veux faire de ta maison un petit restaurant ? dit Maoro entre deux bouchées.

– C'est exactement l'idée que j'ai eue! Je me suis dit : Flora, la nature t'a fourni gratis une merveilleuse cascade derrière la maison. En faisant percer une grande baie dans la façade qui donne sur la route, je peux installer une sorte de kiosque et vendre des souvenirs et du chocolat. De l'autre côté de la maison, je sers des rafraîchissements sous le marronnier.

– Et moi, s'écrie Maoro avec enthousiasme, je ferai le serveur pendant les vacances.

Tante Flora sourit de bonheur. Elle le voit déjà, une serviette sur le bras, aller et venir entre les tables.

– Maintenant, voilà le plus important pour toi, Maoro! Tu sais que j'ai deux chèvres, Bianca et Kobold. Si je fais des travaux dans la maison, elles seront dans mes jambes. Alors, je me suis dit : Sûrement Maoro voudra bien s'occuper d'elles...

– Oh, si tu veux! Depuis deux ans, Papa n'a plus que des vaches et des moutons. Ils ne savent que tourner en rond et brouter. Les chèvres sont bien plus amusantes. Je peux aller les voir?

Maoro trépigne d'impatience.

Avec ses *zoccoli** qui claquent à chaque pas, Tante Flora, suivie de son neveu, traverse la cour. L'étable est entourée de petits aulnes en boule. Les murs sont faits de gros blocs de pierre inégaux. Le toit a l'air un peu disjoint : la neige de l'hiver dernier a déplacé les *lauzes***.

Flora pousse la porte à claire-voie. Maoro reçoit au visage une

---

* *Zoccoli* : sabots.
** *Lauzes* : plaques de schiste.

bouffée d'air humide et chaud, chargé d'odeurs de foin et de fumier. Il fait sombre dans l'étable. Maoro découvre deux yeux jaunes comme le soufre qui percent l'obscurité et le fixent. Soudain les deux taches jaunes foncent sur lui.

– Aïe!

Maoro pousse un cri car il a senti un choc contre sa hanche. D'un bond, il se réfugie derrière la barrière, hors de l'étable.

– Oh, ce Kobold! Il t'a fait mal?

– Pas vraiment... Il m'a seulement fait peur.

Maoro rit, bien que son cœur batte encore et qu'il soit tout pâle.

– Kobold n'est pas méchant, mais il a des sautes d'humeur. Il ne pense qu'à faire des cabrioles! Hé, viens un peu te montrer, diable noir!

Tante Flora va le chercher au fond de l'étable et le fait sortir en le tirant par les cornes.

Maoro n'a jamais vu un bouc aussi noir qu'un corbeau. Pas un poil blanc sur ce large dos, puissamment arqué; ses pattes sont tout en os et en tendons, ses sabots brillent comme s'ils étaient laqués et laissent dans le sol des empreintes en demi-lune.

– Quelle brute! dit Maoro en observant avec un reste d'inquiétude la tête osseuse du bouc.

Mieux vaut se méfier des cornes que Kobold montre orgueilleusement, en donnant des coups de tête dans le vide.

– Il peut aussi être très docile, dit Flora en riant, et, d'un geste plein de tendresse, elle enlève quelques brins de paille accrochés au pelage de l'animal. J'espère qu'il se calmera un peu cet été, au grand air. Sinon, de quoi aurai-je l'air, si ce sauvage vient faire peur à mes clients?

Tandis qu'elle lui attache une corde autour du cou, une chèvre sort la tête par l'ouverture de la porte et cligne des yeux à la lumière du soleil. Petite et frêle, elle a le poil long, d'une couleur blanc jaunâtre. Quand Maoro avance la main pour la caresser, elle recule aussitôt et rentre dans l'étable.

– Bianca! dit Flora doucement. Il ne faut pas avoir peur de Maoro!

La petite chèvre se serre peureusement contre elle. A petits coups, elle pousse son museau rose dans la main de Flora.

– Oui, oui, tu vas l'avoir, ton sel.

Maintenant Bianca reste tran-

quille lorsque Maoro la caresse. Il
sent sous sa main la chaleur de la
toison qui a l'odeur du foin. A
travers le poil épais, ses doigts
rencontrent les côtes qui affleu-
rent.

– Comme elle est maigre!

– Tu as raison. C'est une vraie
misère. Elle ne grossit pas.

– Elle ne mange pas?

– Tu me croiras si tu veux : elle ne
veut manger que du trèfle rouge.
Elle préfère mourir de faim plutôt
que de s'abaisser à manger de
l'herbe ordinaire. Pas vrai, princesse?

Flora lui tapote le cou et attache
une corde au collier de cuir où
sont accrochées les sonnailles.

– Tu sais ce qu'on va faire, Tante
Flora? Je vais les prendre avec
nous dans l'alpage. Les herbes
feront du bien à Bianca.

– Eh bien, les bêtes sont prêtes.

L'air songeur, Flora gratte Kobold entre les cornes et regarde le ciel au-dessus de la ligne des montagnes : pas un nuage à l'horizon, le ciel est bleu.

– Il y a longtemps qu'il n'a pas fait aussi beau! Si je vous accompagnais? Je n'ai pas grand-chose à faire ici. Nous chercherons un bel endroit pour déjeuner et je rentrerai chez moi avec la voiture de la poste.

Elle va vite à la cuisine et fourre dans le sac à dos du fromage de chèvre, du pain et des rondelles de pommes séchées. En sortant de la maison, elle met un fichu sur sa tête.

Dès qu'ils ont traversé la route, Flora laisse ses deux chèvres en liberté sur le chemin qui serpente à travers les prés. Tout joyeux de

trouver une herbe aussi savou-
reuse, Kobold fait des bonds fan-
tastiques. Parfois il s'arrête, tourne
la tête et cherche Bianca du
regard. Quand il l'aperçoit près de
Flora, il arrache une touffe d'herbe
et repart en bondissant.

Bianca, par contre, ne sait que
penser de cette promenade. Elle
n'est jamais sortie de l'enclos qui
borde l'étable et ces immenses
prairies, pleines d'odeurs entêtan-
tes, lui font peur. Par prudence elle
préfère ne pas quitter Flora d'un
pas.

Le chemin grimpe un peu plus à
chaque tournant. Le soleil est brûlant. De temps en temps, Flora
s'arrête, essuie la sueur de son
front et souffle un peu. Maoro, qui
s'est chargé du sac à dos, en profite
pour reprendre haleine. Il met sa
main en visière et suit des yeux un

busard qui tourne autour d'un sommet.

Tante Flora raconte des histoires de son enfance dans la vallée du Tessin. Elle n'est pas du tout comme les vieilles gens du village à qui il faut arracher les mots de la bouche. Un jour, la mère de Maoro lui a dit : « On voit bien que Flora n'a pas été élevée dans les montagnes : ici, dès l'enfance on apprend à travailler et à se taire. Dans la région de Bellinzona, tout pousse tout seul. Il y a même des palmiers et des magnolias. Les gens sont bavards. Ils sont ouverts et gais. »

Quand Tante Flora est fatiguée de raconter, elle chante des chansons tessinoises de sa jeunesse. Maoro en connaît déjà quelques-unes qu'il a apprises à l'école. Flora entame un couplet, et de sa voix chaude et profonde :

« L'inverno l'è passato
l'aprile non c'è piu... »

et la voix de Maoro reprend avec
elle :

« è ritornato il maggio
al canto del cucú... »

2. Le fantôme du château fort

Sous le soleil brûlant de midi Flora et Maoro voient soudain se dresser devant eux les ruines du château fort. Il est tout noirci et découpé comme de la dentelle. Les pans de murs couronnés de créneaux sortent de terre au sommet de la butte rocheuse qui barre la vallée.

– C'est vrai que le château est hanté? demande Maoro.

– Où as-tu pris ça? répond sa tante en riant. Tu n'y es donc jamais monté?

Maoro secoue la tête.

– Eh bien, allons-y. Nous déjeune-
rons là-haut.

Maoro, assis à l'ombre des vieux
murs, mange un morceau de fromage de chèvre. Le dos appuyé
contre la pierre moussue, il ressent
une impression agréable de fraî-
cheur. Au pied de la butte quelques moutons broutent tranquille-

ment. Kobold les a vus. Il dévale la pente et déboule au milieu des animaux paisibles qu'il effraie par ses bonds. Les moutons se serrent les uns contre les autres et bêlent lamentablement. Ont-ils pris le bouc pour un chien berger?

– Tch... Kobold, alors! crie Flora.

Le bouc lève les yeux et fixe Tante Flora. Il comprend sans doute car il s'assagit aussitôt. Les moutons se dispersent à nouveau et se remettent à brouter. Maoro entend tinter leurs sonnailles.

– On est bien ici, à l'ombre, dit Tante Flora qui étend confortablement ses grosses jambes sous un buisson de sureau. Je vais faire une petite sieste. Pendant ce temps, va explorer les ruines.

C'est ce que Maoro attendait. A pas lents, il longe le mur d'enceinte et examine les tours d'angle. La cour intérieure, avec son donjon étroit percé de meurtrières, sommeille dans la chaleur de midi. Tout est si calme que cela devient inquiétant. A travers les épaisses murailles il n'entend même plus les cloches des moutons.

Au pied du donjon, Maoro passe la tête par une étroite ouverture en forme d'ogive, et tend prudemment le cou pour jeter un coup d'œil à l'intérieur. Il fait sombre là-dedans. Son regard monte vers le plafond voûté. Cette forme noire, là-haut, dans la niche, ne serait-ce pas une chauve-souris?

« Les chauves-souris viennent s'accrocher dans les cheveux. Parfois elles ont aussi des dents de vampire, et elles te sucent le sang », lui a raconté la vieille Balbetta. Mais le père de Maoro s'est moqué d'elle. Pourtant, Maoro frissonne.

Ce bruit, qu'est-ce que c'est?

Maoro a cru entendre des pas derrière lui. Avant qu'il ait le temps de se retourner, quelqu'un saute sur lui et lui plaque les mains sur les yeux.

– Au secours! crie Maoro d'une voix aiguë.

Sa terreur est telle que son cœur cesse de battre un instant. Maoro entend un long gémissement:

– Hou-ou-ou...

Il a beau se tortiller et se débattre, les mains restent solidement cramponnées.

– Je suis un fantôôôme, murmure une voix à son oreille.

C'est la voix chevrotante de quelqu'un qui se retient de rire. Maoro a vaguement l'impression de la reconnaître.

Il se risque à ouvrir un œil et essaie de voir à travers les gros doigts roses croisés sur ses yeux.

Il n'y a aucun doute, ces doigts sentent le fumier.

« Les fantômes ont des mains de squelette; s'ils ont une odeur, c'est une odeur de moisi, de cimetière », réfléchit Maoro.

Le fantôme se tord de rire derrière son dos. Les mains se relâchent. Maoro se dégage d'un coup sec, se retourne et découvre un visage hilare.

– Plinio!

Maoro est étonné, et même plutôt furieux.

Evidemment, il n'y a que Plinio pour lui jouer des tours pareils. Plinio est dans la même classe que lui et habite la maison voisine.

– Qu'est-ce que tu fabriques ici?

Avec toi, on n'est jamais tranquille!

Plinio se remet à rire.
– Je suis venu avec nos moutons.
Ils pâturent en bas de la butte.
J'étais assis à l'ombre, près du donjon, quand je t'ai vu arriver. J'ai eu
envie de te faire peur.
– Depuis quand gardes-tu les moutons dans la vallée?
– J'aime bien le château fort. J'ai
voulu y revenir une dernière fois.
C'est aujourd'hui mon dernier jour
avec les bêtes. Tu sais qu'on va
déménager en ville.

La voix de Plinio devient sou-
dain rauque.
– Et les moutons?
– Au boucher. Il va venir les cher-
cher.
– Ah bon!

Maoro se sent un peu gêné. Il a
de la peine pour son copain

d'école. Mais Plinio ne veut pas laisser Maoro à sa mélancolie. Les adieux peuvent attendre à demain. Il montre l'intérieur du donjon et dit d'un ton léger :

– Il doit y avoir des fantômes là-dedans.

Maoro rit avec mépris :

– Peuh, je ne crois pas aux fantômes. Il n'y a que des chauves-souris dans cette vieille tour.

Il entraîne Plinio vers la porte et lui montre la voûte.

– Tu vois, là, il y en a une.

– On va la réveiller et la faire voler, dit Plinio qui se baisse pour ramasser des cailloux.

Les pierres ricochent à grand fracas contre la voûte et retombent à leurs pieds avec un bruit sourd.

Enfin l'une d'elles atteint la niche.

La chose noire se détache du

mur, étend ses ailes et part en zigzags, voletant silencieusement d'un mur à l'autre. On dirait un chiffon, soulevé par le vent.

Elle vient frôler Maoro, qui rentre brusquement la tête dans les épaules. « Si la vieille Balbetta avait raison quand même? » Maoro ne se rassure vraiment qu'après avoir vu la chauve-souris s'accrocher à nouveau dans son coin, une fois l'alerte passée.

– Voilà, elle ne se réveillera plus qu'à l'heure des esprits, fait Plinio d'un air dégagé. A minuit, le vieux bailli de Milan vient hanter la tour. Il compte les écus d'or dans son coffre au trésor.

– Tu n'y crois pas toi-même!

– Si, c'est vrai. Il y a peu de temps, un berger a trouvé une pièce d'or ici dans une fente du mur.

– Tu dis ça sérieusement?

Plinio hoche la tête.

– C'est ma mère qui me l'a raconté. Elle connaît le berger. Il est de Soazza.

– Tu crois qu'on peut encore trouver de l'or ici?

– Peut-être. Il suffit d'ouvrir l'œil.

Les deux garçons marchent lentement sous les murs et inspectent les failles et les niches en plissant les yeux.

Le soleil se couche et les pierres se teintent de rose. Là pousse à foison du lin sauvage, d'une couleur violette. Un lézard se réfugie dans un trou. Tout à coup, Maoro s'immobilise et attrape son copain par le bras.

– Regarde! Là-haut!

Il montre une sorte de fenêtre à laquelle manquent trois ou quatre pierres. Quelque chose brille dans cette anfractuosité.

– Tu m'aides?

Maoro se hisse le long du mur et Plinio le soutient de ses bras solides. Cette fois, il y est. Sa main tâte dans la brèche.

– Hé, c'est de l'or? demande Plinio d'en bas.

Maoro soupèse quelque chose de léger comme une plume. C'est une boule qui brille au soleil.

– De l'or?

Maoro donne une pichenette à la boule qui atterrit sur le nez de Plinio.

Plinio se baisse pour la ramasser et la fait tourner entre le pouce et l'index.

– Du papier à chocolat! Comment a-t-il pu arriver là-haut?

Les deux enfants déçus n'ont plus envie de continuer leur chasse au trésor.

Maoro entend qu'on l'appelle au

loin. Les garçons avancent en équilibre sur l'arête d'un mur écroulé, sautent par-dessus des taillis de fougères et sortent de la cour du château par la passerelle en bois.

– Te voilà enfin! s'écrie Flora. Je me suis endormie. Tu aurais pu me réveiller!

Son menton rond et ses joues rebondies sont encore rouges de sommeil.

– Kobold! Bianca! On s'en va!

Kobold reste insensible aux appels. Il essaie d'attraper trois feuilles qui dansent au-dessus de son nez, au bout d'une branche d'aulne.

– Kobold, ici tout de suite!

Mais le bouc s'entête sur ses trois feuilles à moitié sèches, comme s'il n'avait rien mangé de la journée, alors que l'herbe la plus tendre lui monte aux genoux.

– Attends un peu! Je vais t'étriller comme il faut! gronde Flora.

Elle casse une branche de noisetier et l'envoie voler en direction de l'animal. Celui-ci tourne enfin la tête, fait « Mê-ê-ê » et revient en trottant.

Plinio se souvient lui aussi qu'il doit rentrer à la maison. Demain matin, à la première heure, on déménage. Il descend la butte en courant. En quelques instants il rassemble les moutons sur la petite route. Leur toison est blanc sale, comme la neige de printemps à demi fondue dans les champs. Flora pousse ses chèvres à la suite des moutons.

– Vous voulez donc aller en ville... dit-elle à Plinio qu'elle regarde attentivement.

Plinio lui plaît bien avec sa figure un peu maigre brunie par le

soleil et couverte de taches de rousseur jusqu'à la racine du nez.

– On s'en va demain, répond Plinio.

– Et pourquoi?

– A l'usine, mon père sera payé régulièrement tous les mois. Nous avons besoin d'argent. Nous n'avons pas eu de chance cet hiver.

Maoro se souvient qu'en février le père de Plinio a eu un accident avec un traîneau de *schlittage**. L'assurance a bien payé l'hôpital, mais la jambe blessée ne s'est pas vraiment remise. Le père de Plinio ne peut plus faire de gros travaux.

– Tu dois être triste de partir? dit Tante Flora.

---

* Schlittage : descente du bois au moyen d'un traîneau.

Il y a un peu de pitié dans sa question et Plinio le sent.

– Triste? Pourquoi? dit-il avec une indifférence feinte. La ville, c'est bien plus intéressant que notre village. Près de l'immeuble où nous allons habiter, j'ai vu un grand garage, et il y a aussi un cinéma et deux supermarchés.

– Mais les montagnes et les bêtes vont te manquer...

Plinio fait semblant de ne pas entendre.

Il préfère décrire à Maoro toutes les aventures qui l'attendent dans le nouvel immeuble.

– Deux ascenseurs, je t'assure! Ils filent comme des fusées. En trois secondes tu es au dernier étage!

– Si vite que ça?

Plinio fait signe que oui d'un air important.

– ... Et quand la nuit tombe, tu vois

partout des lumières multicolores. C'est fantastique. On dirait une immense fête foraine.

Plinio est intarissable. En ville, tout est grand et formidable. « Il a l'air carrément content de nous quitter, pense Maoro. Après tout, il a peut-être de la chance de s'en aller? »

Le regard de Maoro passe au-dessus des dos ondulants des moutons. Il voit la ville devant lui : des immeubles géants, des tours, des magasins, des feux rouges, des garages, des tapis roulants, des ascenseurs. Et soudain la ville lui paraît attirante.

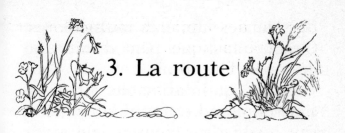

3. La route

Cet après-midi, la mère de Maoro travaille dans le jardin potager qui se trouve au-dessus du village, au-delà des dernières étables et des porcheries. Il est enclos de fils de fer rouillé, pour protéger les légumes de l'appétit des chèvres et des vaches. De temps à autre, la mère de Maoro pose sa binette et lève les yeux vers le pré où son mari fauche l'herbe.

Le faucheur avance à pas prudents. Avec ses grosses chaussures à clous, il cherche des prises solides dans le terrain en pente. Le moindre faux pas peut être dangereux. Il y a trois ans, le vieux Giorgio, qui habite derrière les marronniers, est tombé sur sa faux, on a dû lui couper la jambe. Depuis, la mère de Maoro est inquiète lorsque son mari se lance dans ce travail difficile.

– Ne te donne pas tant de mal pour quelques touffes d'herbe, lui a dit un jour Maoro. Ça n'en vaut pas la peine.

Mais son père lui a répondu :

– Si on ne fauche pas la montagne en été, la neige couche l'herbe par terre à la fin de l'automne. Dans une prairie qui a été fauchée, les chaumes retiennent la neige. Au contraire, sur un tapis d'herbes glissantes, la couche de neige n'est pas retenue et dévale la pente.

Il a tapé sur le fourneau de sa

pipe pour bien la vider et il a
ajouté :

– Que les gens cessent de faucher
les pentes, même chez nous, c'est
dangereux, crois-moi.

– Qui fauchera à la place des Ferrini, quand ils seront partis en
ville? a demandé Maoro. Le « monsieur » qui a racheté leur maison?

– Celui-là, sûrement pas!

Le père de Maoro a eu un rire
sec et son visage a rougi de colère.

Dans le jardin, la mère de Maoro
interrompt un moment son travail
dans les rangées de haricots. Elle
se redresse et frotte ses reins douloureux. Elle se protège les yeux
du soleil et suit lentement du regard, au-delà du fouillis des toits
du village, le grand arc que décrit
la route depuis la Moesa jusqu'aux
premières maisons.

Pas de traces de Maoro.

« Où est-il donc fourré? »

Il est parti de grand matin pour aller voir sa tante. Le soleil rougit déjà la crête des montagnes et Maoro n'est pas revenu.

A-t-il rencontré des amis? Parfois il oublie le temps qui passe, lorsqu'il joue à construire des barrages sur le torrent ou qu'il s'amuse à le remonter en sautant de pierre en pierre. Il rentre souvent à la maison avec des vêtements trempés.

– Tu vas finir par te noyer, un jour, tempête sa mère en le voyant. Pauvre de moi, il ne manquerait plus que ça!

Et elle lui flanque une gifle. S'il rencontre son père en chemin, il peut s'attendre à une bonne raclée.

La mère de Maoro aperçoit soudain un drôle de troupeau qui

approche du village en longeant les aulnes au bord de la route. Il y a un bouc aile-de-corbeau qui conduit des moutons, derrière eux, une chèvre blanche qui marche à pas comptés. Une petite bonne femme toute ronde, avec un fichu rouge vif et deux enfants ferment la marche.

La mère de Maoro reconnaît son fils et Plinio. Et la femme? C'est Flora, bien sûr!

Elle secoue la tête en riant. Voilà bien Flora! Elle fait venir Maoro chez elle dans la vallée, mais il faut qu'elle remonte avec lui jusqu'au village. Pourquoi? Tout simplement pour profiter du beau temps!

Elle pense qu'elle voudrait bien de temps en temps être aussi libre que Flora. Elle essuie sur son tablier ses mains couvertes de terre et installe sur son dos la lourde hotte en osier. Puis elle redescend au village, en passant entre les étables. Dès qu'elle parvient devant sa maison, sa mauvaise humeur s'envole au son de la voix chaude et joyeuse de Flora. Cette visite lui fait plaisir, car elle apporte un peu d'animation dans la vie monotone du village.

Le père de Maoro, qui vient de rentrer du fauchage, est content lui aussi. Il met vite une chemise propre et bavarde avec Flora, tandis que Maman tourne la polenta sur la cuisinière.

Avant de se mettre à table, Maoro va chercher un morceau de viande séchée dans la resserre. Les pièces de viande noirâtres suspendues au plafond par un crochet rappellent un instant à Maoro la chauve-souris du donjon. Mais il sait que ce sont là de bonnes choses! Le maître d'école a dit que la viande séchée des Grisons est considérée à l'étranger et dans les grands restaurants comme un mets de choix. Ce jeune maître qui voyage dans tous les pays pendant les vacances d'été doit bien le savoir!

Maman coupe la viande en tranches fines et translucides comme des pétales de fleur qu'elle pose sur une assiette. On peut se mettre à table! Papa ouvre la fenêtre et appelle Grand-Père qui est assis sur le banc derrière la maison. Grand-Père est encore droit et marche sans canne. Ses joues maigres et son menton sont couverts d'une barbe blanche coupée ras, raide et piquante. Maoro aime beaucoup son grand-père, bien que parfois il se mette en colère et soit très entêté.

Flora, qui mange de bon appétit, amène bientôt la conversation sur la cascade et sur la nouvelle route.

– Je veux faire de ma maison une petite *trattoria**, annonce-t-elle joyeusement.

– La nouvelle route aura au moins porté chance à quelqu'un! constate Papa en souriant. Tu sais que tout le monde n'est pas enthousiaste.

– Que le diable l'emporte, leur nouvelle route! dit Grand-Père furibond, en recrachant un bout de couenne dans son assiette.

– *Nonno***, il ne faut pas tout voir en noir, dit Maman pour l'apaiser.

Mais Grand-Père n'en démord pas :

---

* *Trattoria* : restaurant (ital.)
** *Nonno* : grand-père (ital.)

– Cette route abîme la vallée. C'est une honte!

Sous son nez osseux, sa bouche se pince. Son visage se durcit.

– Notre vallée, s'exclame-t-il, et la pointe de son bonnet bat en mesure sur son épaule, notre vallée était l'une des plus belles des Alpes. Et qu'est-ce qu'elle est devenue, hein? Qu'est-ce qu'elle est devenue? Un circuit de course pour les voitures!

Papa intervient :

– *Nonno* n'a pas tort. Pour beaucoup de commerçants et patrons de restaurant, ce n'est pas une bonne affaire comme pour toi, Flora. Sur l'ancienne route étroite, il fallait conduire lentement. Les voyageurs faisaient une petite halte, s'arrêtaient dans un café ou s'achetaient quelque chose. Aujourd'hui, sur cette route à grande circulation, ils passent sans s'occuper des villages qui défilent à droite ou à gauche.

– Oui, mais sur la nouvelle route, il y a moins d'accidents! remarque Maman. Les épingles à cheveux du San Bernardino étaient dangereuses. Les villageois osaient à peine traverser.

Flora les interrompt en riant :

– Toute chose a ses avantages et ses inconvénients. Dans votre village, vous avez encore un calme magnifique. Vous entendez à peine la circulation.

– C'est même un peu trop calme, soupire Maman. Le village a souvent l'air mort.

– Justement, dit Grand-Père en frappant du poing sur la table. Toute la question est là. Les jeunes s'en vont. On ne peut pas compter sur eux. Maintenant, voi-

là que les Ferrini partent aussi...
– Plinio me l'a raconté en chemin, dit Tante Flora. Fallait-il vraiment qu'ils partent en ville?

Papa explique :
– Il faut le comprendre, Ferrini, il veut s'en sortir. Ici, on se crève toute la journée et on n'arrive à rien. En plus, il a eu un accident cet hiver.
– Autrefois, on savait se contenter de peu, remarque Grand-Père.
– C'est vrai, dit Papa. Pour le village, ce départ est un sale coup. Les champs et les prés retournent à la nature si personne ne les entretient. Les maisons et les étables tombent en ruine...

Maman poursuit :
– ... ou sont vendues à des gens de la ville qui viennent au village de temps en temps pour le week-end.

– Exactement, dit Grand-Père en hochant la tête. Et il ajoute après un instant de réflexion : Un village d'où les jeunes s'en vont est un village mort!

Entre-temps, la nuit est tombée et Flora doit penser au retour.

Avant de partir elle voudrait revoir ses chèvres, qui sont installées dans une étable vide, derrière la maison.

Papa prend une lanterne accrochée à côté de la porte de l'étable et éclaire l'intérieur. Les deux chèvres couchées dans la paille, devant la mangeoire, sont serrées l'une contre l'autre, comme pour lutter contre la peur que leur inspire cet endroit inconnu.

A la lueur de la lanterne, le poil de la petite chèvre a des reflets de neige. Kobold cligne des yeux.

– *Addio*, ma princesse! murmure

Flora. Il faut que tu grossisses cet été. Mange bien. *Addio*, Kobold! J'espère que tu seras plus raisonnable lorsque tu reviendras à l'automne!

Papa la rassure :

– Maoro prendra bien soin d'elles, dans les alpages.

Tous deux accompagnent la tante. Papa éclaire le chemin avec la lampe tempête. Ils traversent le pont de la Moesa. La tache de lumière sautille sur le ruban clair de la route et chasse les ombres inquiétantes derrière la haie d'aulnes.

Lorsqu'ils atteignent les premières maisons de Mesocco, Tante Flora serre Maoro contre elle et lui plaque deux baisers sonores sur les joues. Papa lui serre la main. Avant qu'un tournant ne la cache un lampadaire éclaire une dernière fois son fichu rouge coquelicot.

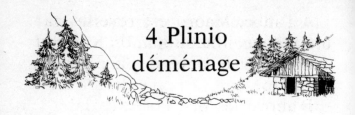

4. Plinio déménage

Ce soir-là, Maoro n'arrive pas à s'endormir. De son lit, il voit le ciel à travers le carreau. Mais il revoit aussi les montagnes, les chèvres, les moutons et Plinio.

L'idée que son ami doit partir le lendemain le tourmente. Maintenant, il devra aller à l'école avec deux filles plus jeunes que lui, et c'est un bon bout de chemin! Au village, il n'y a plus de garçons de son âge. Plinio va lui manquer. Il lui jouait sans arrêt de bons tours.

A l'aube, Maoro est réveillé par un tapage inhabituel. Un camion cahote sur le pavé de la place. Il entend :

– D'abord les lits! Posez ça là!

C'est la voix de Ferrini.

Maoro saute de son lit, enfile à toute vitesse chemise et pantalon, dégringole l'escalier et sort sur la place.

Le déménagement bat son plein.

On charge les meubles sur un vieux camion de livraison couvert d'une bâche de toile grise. Mme Ferrini et la mère de Maoro secouent des couvertures de laine, les plient soigneusement et les posent sur les lits au milieu de la place. Les deux hommes essaient de faire passer le buffet par le couloir de la maison qui n'est pas large. Le père de Maoro sort lente-

ment, à reculons, courbé par l'ef-
fort.

– Sors-toi de là! crie-t-il à Maoro.

Son épaule qui soutient l'avant
du buffet est rembourrée par des
torchons.

– Un peu plus à gauche! lance Ferrini qui n'est pas encore sorti du
couloir avec le reste du buffet.

Ensuite les deux hommes traversent prudemment la place avec
l'énorme buffet qui oscille sur
leurs épaules. On croirait voir
avancer une montagne. La vive
lumière de la place souligne la
beauté du meuble. Les portes, en
noyer rougeâtre, sont décorées de
guirlandes de feuilles sculptées.
Sous l'une de ces guirlandes, on lit
la date : 1851. Un arrière-arrière-
grand-père l'a fait fabriquer cette
année-là et, depuis, le buffet n'a
pas quitté la grande pièce des Fer-

rini. Devant lui ont joué à quatre pattes sur le plancher de pin, lorsqu'ils étaient enfants, l'arrière-grand-père, puis le grand-père et le père de Plinio, et enfin, Plinio, son frère et sa sœur.

– Vous arriverez à caser ce monstre dans votre nouvel appartement? demande la mère de Maoro, incrédule.

Mme Ferrini y a déjà pensé :
– Les pièces sont grandes et ce gros buffet ira très bien avec la tapisserie à fleurs. Il faudra que vous veniez voir notre installation.

Les deux femmes montent et descendent l'escalier étroit de la maison, les bras chargés de coussins et de couvertures. Elles entassent les édredons sur les lits. Tino et Tiziana, le frère et la sœur de Plinio, s'étonnent de voir les lits au milieu de la place. Dès que les deux femmes disparaissent à l'intérieur de la maison, ils grimpent sur le grand tas de couvertures et se laissent tomber de tout leur poids sur la pile d'édredons.

Tino, qui a juste quatre ans et qui est rond comme une petite boule, disparaît jusqu'au cou dans l'épaisseur des plumes. Tiziana son aînée, qui est très espiègle, roule son petit frère dans un édredon : il ne dépasse plus qu'une touffe de cheveux et le bout du nez. Le pauvre Tino suffoque et pousse des cris aigus. Puis Tiziana trouve un coussin dont les plumes sortent par un trou.

Elle secoue le coussin jusqu'à ce qu'il s'en échappe de vrais nuages de plumes.

– Il neige! Il neige! s'écrie-t-elle en dansant d'un pied sur l'autre.

Maoro lui arrache le coussin des mains.

– Ça ne va pas, non? Espèce d'idiote!

Aujourd'hui, le jour où les Ferrini s'en vont, il n'a pas le cœur à plaisanter. Il ne supporte pas que pour les petits le déménagement devienne une distraction amusante.

A ce moment, un camion à trois roues grimpe péniblement la rue et s'arrête devant les étables des Ferrini.

– Voilà le boucher! crie Ferrini. Plinio, va chercher les moutons!

Plinio ouvre la porte grillagée. Le garçon boucher qui a retroussé ses manches fait sortir les animaux de l'étable et, de toutes ses forces, avec ses gros bras rouges, il les pousse les uns après les autres dans la bétaillère.

Plinio et Maoro assistent muets à ce triste spectacle. Ils voient l'homme lier les pattes des moutons les plus vigoureux. Les bêtes inquiètes renâclent, secouent la tête et bêlent.

Il ne reste plus qu'un agneau noir, né il y a quelques semaines à peine, dans les pâturages, minuscule petite boule noire et frisée, au poil tout mouillé et collé. Plinio l'a appelé Nérino. Le soir, il l'a pris dans ses bras et l'a porté à la maison. En marchant, Plinio sentait son cœur battre contre le pelage tiède de l'agneau, tellement il était heureux et impatient d'annoncer la nouvelle.

Maintenant, il voit Nérino apeuré, debout sur ses pattes grêles et maladroites, à la porte de l'étable.

– Pas mon petit agneau! s'écrie Plinio, et il court devant le garçon boucher pour l'empêcher de passer.

L'homme éclate de rire.

– Vendu, c'est vendu. Tu crois peut-être que je prends seulement les vieilles bêtes coriaces. Les gens préfèrent la viande tendre des agneaux.

Il écarte Plinio et soulève le petit animal qu'il pose dans le camion.

Les lèvres de Plinio se mettent à trembler. Il se tourne vers son père et vers le père de Maoro, témoins de l'incident :

– Papa, il veut prendre aussi Nérino!

– Tu veux l'emmener à la ville? se moque le boucher.

Les deux pères échangent un regard.

– Si l'agneau est sevré, je pourrais le prendre à l'alpage, propose le père de Maoro. Il s'entendra très bien avec les chèvres de Flora.

Ferrini est d'accord. Il s'approche du boucher :

– L'agneau reste ici. J'ai changé d'avis.

Le boucher pousse un juron. Il se penche par-dessus le bord de la plate-forme du camion, attrape l'agneau et le repose à terre.

Furieux, il se met au volant, claque la portière et donne un grand coup d'accélérateur avant de démarrer.

La matinée est déjà avancée. Au grand soleil, les toits de pierre luisent d'un éclat sombre et mat, comme si on les avait astiqués.

Toutes les affaires des Ferrini sont enfin entassées sous la bâche grise du camion de livraison.

La mère de Maoro se dirige vers

la cuisine. Elle veut préparer pour tout le monde un solide casse-croûte, car les Ferrini ont encore une longue journée devant eux.

– Tiziana et Tino, venez avec moi! dit-elle en les prenant par la main, mais elle est interrompue par un cri venant du jardin voisin.

– Au secours! Au secours!

La vieille Balbetta débouche sur la place, hors d'haleine. Le sac d'épingles à linge attaché à sa ceinture en battant sa jupe virevolte autour de sa maigre silhouette.

– Un bouc! hurle-t-elle. Un diable de bouc! Dans mon jardin!

Elle est haletante et tend le cou en soufflant bruyamment. Maoro et Plinio se regardent et d'un commun accord filent en trombe vers le jardin. Tiziana et Tino lâchent la main de leur voisine et tentent de rattraper les grands. Les deux garçons tournent au coin des étables et disparaissent dans un jardin par un trou du grillage.

Ils franchissent d'un bond le parterre de roses, amoureusement soigné par Balbetta, et atterrissent sur l'herbe rase. A l'autre bout du pré, il y a une corde à linge, où s'égouttent les mouchoirs, les culottes et les chemises de nuit de Balbetta.

Un bouc, noir comme du charbon, couronné de cornes grises annelées, se dresse sur ses pattes arrière. Il se bat, à coups de tête et à coups de cornes, contre une immense chemise de nuit gonflée comme un ballon et battant sous le vent. Deux chemises gisent déjà sur le pré, ornées de motifs noirs, en forme de sabots. Tous les adultes arrivent alors devant la clôture du jardin.

– Mon linge! Mon linge tout propre! gémit Balbetta.

Son regard tombe sur la bassine en plastique posée dans l'herbe :
– Oh! Cette sale bête a mangé mon savon! C'était un vrai savon de Marseille, et un gros morceau, je vous assure.

Les petits gloussent de joie. Mais Maoro n'a pas envie de rire. Il s'approche du bouc et l'appelle :
– Kobold, Kobold, viens ici!

Comment a-t-il pu s'échapper de l'étable? C'est incompréhensible. Maoro l'appelle d'une voix calme et grave et claque de la langue, comme il a vu Flora le faire.

Ça a l'air de marcher. Le bouc se retourne, le toise d'un œil vif et mauvais. Maoro esquisse un pas en avant. L'animal est presque à sa portée. Mais dès que Maoro tend le bras, il baisse la tête, comme pour

charger, et fait un bond de côté.
– Je vous l'avais bien dit, se plaint
Balbetta. Cette bête a le diable au
corps.

Le bouc attend un peu plus loin
sous le prunier. L'arc de cercle de
sa gueule dessine un rire silencieux.

Maoro, furieux, change de tacti-
que. Il fonce sur le bouc. Mais
Kobold fait un écart. Il lance à
droite et à gauche de violents
coups de cornes pour intimider
l'adversaire. Ses yeux étincellent.
Ses esquives sont de plus en plus
courtes et audacieuses. La poursuite semble l'amuser.

Les spectateurs retiennent leur
souffle ou lancent des encourage-
ments à Maoro :
– Là, attrape-le!
– Attends un peu maintenant!
Laisse-lui un peu de répit.

Mais Maoro perd courage et s'avoue vaincu.

Plinio et les deux petits prennent le relais. Ils courent droit sur le bouc, tandis que le père de Maoro va se poster derrière le tronc du prunier, pour prendre la bête à revers.

Kobold se voit cerné. Surpris, il fait quelques bonds désordonnés sur place puis il démarre soudain en flèche, frôle le père de Maoro et s'enfuit en zigzags à travers le pré.

Un saut audacieux par-dessus la clôture du jardin et le voilà parti.

Maoro et Plinio reprennent aussitôt la poursuite, mais le bouc a complètement disparu.

Ils parcourent toutes les ruelles, cherchent dans tous les recoins. Puis ils sortent du village et grimpent à travers prés jusqu'à la lisière de la forêt. De là, ils dominent les toits et les passages entre les maisons. Mais il n'y a pas trace de Kobold.

– Il s'est peut-être caché dans la forêt? dit Maoro. Que faire? S'il monte jusqu'aux rochers, il risque de se perdre et de mourir, abandonné. Que dira Tante Flora? Elle tient tant à lui!

Plinio regarde son ami, il ne sait que lui répondre. La forêt est envahie de taillis serrés. Ils pourraient y tourner en rond pendant des heures, s'écorcher les jambes et la figure, sans rien trouver. Il regarde en direction du village.

– Je crois qu'ils nous appellent, dit-il en montrant le jardin de Balbetta qui, vu d'ici, a l'air grand comme un mouchoir de poche.

Les personnes qui vont et viennent là-bas, sur le petit carré de jardin, font penser à des mouches affairées.

– Ils l'ont peut-être retrouvé, dit Maoro. Viens!

Les bras étendus comme pour faire l'oiseau, il se met à courir à toutes jambes derrière Plinio en se laissant emporter par la pente.

Arrivé au village, Maoro va d'abord voir si Bianca, au moins, est restée à l'étable. Le haut de la porte grillagée est grand ouvert. Il est sûr pourtant d'avoir bien poussé le verrou la veille au soir.

Maintenant, il comprend : Kobold a ouvert le volet du haut en donnant des coups de tête, puis il a sauté par-dessus la partie basse de la porte.

La petite chèvre couchée dans le fond semble une tache de neige dans la demi-obscurité.

– Pauvre Bianca, dit Maoro. Bientôt tu seras au bon air. Après-demain, nous partons dans les alpages. Tu pourras courir et sauter toute la journée. Tu verras comme l'herbe a bon goût!

Maoro prend une poignée de foin dans les bottes empilées jusqu'au toit et la lui met sous le nez. Mais la petite chèvre ne lui accorde même pas un regard. Elle bêle doucement en détournant la tête d'un air de reproche.

– *Addio*, petite princesse, il faut que je m'en aille.

Il quitte l'étable sur la pointe des pieds et ferme soigneusement les deux battants de la porte.

À la maison, la mère de Maoro a préparé du café. Tout le monde est installé autour de la table de la cuisine pour déjeuner. On est un peu serrés. Les Ferrini sont silencieux et moroses. Même Plinio et les deux petits ont perdu l'envie de s'amuser. Maoro mâche sans appétit son pain qui a pris un goût de sciure de bois.

Assis au bout de la table, le chauffeur de camion, un homme grognon, vêtu d'une salopette grisâtre, louche sur sa montre entre chaque bouchée.

– C'est l'heure, rappelle-t-il. J'ai un autre transport à faire aujourd'hui.

Tiziana se laisse glisser du banc.

– Vite, vite, on part dans le camion, dit-elle de sa voix aigrelette.

– Vite, vite, camion, camion! piaille Tino en agitant ses petites jambes dans le vide et en essuyant de la main la mousse de lait sur ses lèvres.

– Les petits sont bien pressés, dit Mme Ferrini en riant. Eh bien, il est temps de partir. Venez nous voir un jour!

Les deux hommes se lèvent de table les derniers et restent encore un instant à bavarder sur le seuil. Maoro entend Ferrini dire à son père :

– Si tu as des ennuis ici, j'arriverai bien à te trouver un emploi à l'usine. Tu peux compter sur moi.

Maoro est certain que son père va sourire et refuser poliment cette proposition, mais il hoche la tête et prend un air soucieux.

– Qu'a-t-il donc? se demande Maoro.

Sous la bâche grise, les meubles et les ballots de toutes sortes occupent presque toute la place. Les Ferrini s'installent comme ils le peuvent. Le père et la mère s'assoient sur un coffre. Les enfants, accroupis par terre, sous la bâche, s'imaginent qu'ils sont dans une tente. Une secousse, le moteur démarre. Tiziana et Tino poussent des cris de joie et font des signes d'adieu. Plinio, lui, reste immobile. Il fait la même tête que s'il revenait de chez le dentiste. D'un geste de la main, il essaie de chasser la petite grimace qui se forme au coin de ses lèvres. Tandis que le camion traverse lentement la place, il crie :

— Ciao, Maoro! Pense bien à moi. Ce soir je vais pouvoir prendre l'ascenseur! Ce soir...

Ses paroles se perdent dans un nuage de poussière. Le camion a pris le virage et pétarade dans la descente. Les poules s'enfuient en caquetant sur les bas-côtés de la route.

Puis le calme revient, le nuage de poussière se dissipe, retombe sur les orties et les réservoirs d'eau de pluie. Maoro rentre lentement à la maison, derrière ses parents, à travers la place déserte.

5. Le nouveau voisin

Le soir même, la mère de Maoro, debout devant sa cuisinière, regarde distraitement par la fenêtre du côté des étables. Quelque chose d'insolite l'intrigue. Elle se précipite pour ouvrir la fenêtre et appelle Maoro dans la cour.
– Maoro! Regarde là-bas, chez les Ferrini!

Maoro, qui empile soigneusement le bois que son père a fendu dans l'après-midi, laisse tomber une bûche d'étonnement :

Il y a un bouc sur l'étable des Ferrini!

L'animal marche le plus naturellement du monde sur le toit en pente, bien que les plaques de schiste soient moussues et glissantes. Il arrache tranquillement des touffes d'herbe. Ses cornes se découpent dans le soir, comme un dessin à l'encre de Chine.

– Kobold!

Maoro court vers l'étable des vaches où son père est en train de traire Moretta, la vache pie, sa préférée. Papa range le grand seau de lait chaud et fumant, prend l'échelle posée contre le mur et sort avec Maoro.

Il appuie l'échelle contre le mur de la grange. Mais Maoro n'en a pas besoin. Depuis qu'il est tout petit, il connaît comme sa poche les vieilles étables qui furent ses premiers terrains de jeu.

Souple comme un chat, il saute

sur le réservoir d'eau de pluie, grimpe par la gouttière, fait un rétablissement et se hisse de la grange à outils sur le toit de l'étable.

Kobold, surpris, recule. Il fixe Maoro à travers les fentes jaunes de ses deux yeux. « Si je lui fais peur et qu'il tombe, il va se casser le cou », pense Maoro. Le cœur battant, il essaie de l'attirer en l'appelant doucement.

Lentement, pas à pas, le bouc vient vers lui. Il a perdu son air batailleur du matin.

Il se laisse guider par Maoro et saute à sa suite, du toit de l'étable sur celui de la grange, et de là sur le réservoir. Puis il trotte sur les talons de Maoro jusqu'à l'étable.

Kobold s'arrête un instant sur le seuil, ouvre grands ses naseaux et respire avec délices la chaude odeur de foin. Puis, d'un pas un peu raide, il traverse l'étable et va retrouver Bianca.

Le soir, à table, Maoro repose tout d'un coup sa fourchette et dit :
– Papa, sais-tu pourquoi Kobold est monté sur le toit?
– Parce que c'est un animal capricieux!
Papa se met à rire et met un gros morceau de fromage de chèvre dans sa bouche.
Mais Maoro secoue la tête.
– Il est monté sur le toit pour voir où était Bianca. Tu sais, sa princesse lui manquait.
– Ah, toi et tes contes de fées!
Papa sourit et s'essuie la moustache du revers de la main. Puis il étend les jambes et allume une cigarette.

Tandis que Papa déplie le journal et s'absorbe dans un article sur le dernier marché aux bestiaux, Maoro essaie d'imaginer ce que Kobold a pu faire toute la journée. D'abord il s'enfuit du jardin de Balbetta et il escalade les pentes à toute vitesse jusqu'à la lisière de la forêt. Il entre dans les sous-bois et saute de place en place par-dessus les troncs abattus en travers de son chemin. Il goûte les feuilles amères qu'il ne connaît pas. L'ombre du feuillage devient de plus en plus épaisse; par endroits, la lumière pénètre à peine. Les cris d'oiseaux deviennent plus rares. Il entend une feuille fanée tomber à terre et la chouette voleter dans les branches. Kobold se sent inquiet. Il pense à l'étable, à la mangeoire pleine de foin, à la chaude fourrure de Bianca...

Maoro est tiré brusquement de sa rêverie.

Quelqu'un a toussé.

Papa baisse son journal et regarde vers la porte qui est restée ouverte.

Un inconnu est planté sur le seuil. C'est un homme petit et massif, à la tête carrée, aux cheveux clairsemés soigneusement peignés. Il est vêtu d'un costume gris à chevrons. L'inconnu prend la parole.

– J'ai frappé plusieurs fois, mais vous n'avez pas entendu.

Il leur sourit et son visage rond paraît s'élargir encore.

– En ville, dit-il avec un petit rire, en ville, nous avons partout des sonnettes. Ça fait un bruit du diable. Mais vous, vous n'avez pas besoin de ça! A la campagne, vous tenez à avoir la paix, vous avez bien raison! Je suis le nouveau voisin. A partir d'aujourd'hui, j'habite à côté. Enfin..., de temps en temps. Je m'appelle Haltmeier. Haltmeier, et je suis de Zurich-Seebach.

Le journal de Papa tombe par terre dans un bruit de papier froissé.

– Enchanté, dit Papa, un peu embarrassé, en se levant pour serrer la main de l'étranger. Asseyez-vous, monsieur Haltmeier.

M. Haltmeier se laisse tomber sur une chaise.

Maman qui vient pour les présentations envoie Maoro chercher du vin et de la viande séchée. Les gens du val Mesolcina mettent leur point d'honneur à servir à leurs hôtes ce qu'ils ont de meilleur. Maman met sur la table, dans une assiette, les fins copeaux de viande séchée, qui ont la belle couleur d'un vin de Bourgogne.

– Mmm! Voilà qui est bon! dit M. Haltmeier en se frottant les mains. C'est très aimable à vous. Je n'ai pas eu le temps de manger grand-chose aujourd'hui. Je suis parti de chez moi à midi, avec quelques caisses dans le coffre. Ma fille est avec moi. Elle est en train d'installer nos lits de camp.

– Allez la chercher, dit Maman. Elle doit aussi avoir faim.

M. Haltmeier va à la fenêtre et hurle à travers la place :

– Dorli! Dooorli!

Quelque part, dans une étable, une chèvre lui répond par un bêlement. Puis, le silence retombe, rompu seulement par le bruit du torrent.

Plusieurs minutes s'écoulent. Enfin, on entend un léger grattement à la porte. Maman ouvre. Une fille, de l'âge de Maoro, entre timidement et tend la main sans prononcer un mot.

« Elle est bizarre! » pense Maoro. Quand personne ne fait attention à lui, il jette un coup d'œil vers le bout de la table et observe la nouvelle venue qui reste muette, assise à côté de son père, l'air apeuré. Des cheveux blonds et raides encadrent son visage mince.

« Je me demande si elle sait grimper aux arbres, ou sauter de pierre en pierre au milieu du ruisseau », songe Maoro.

Il a souvent pensé qu'il aimerait bien avoir une sœur. « Mais celle-là, elle sait à peine parler », pense-t-il avec dédain.

Agacé, il la regarde tremper ses

lèvres dans le verre de sirop et l'aspirer à petits coups. « Un verre comme ça, je l'avale d'un trait. Le sirop de cassis de Maman est vraiment délicieux; ce n'est sans doute pas assez bon pour cette mijaurée de la ville. »

Pendant que la fille reste muette et figée comme une statue, le père parle pour deux.

– Ce village est un vrai bijou, observe-t-il en s'essuyant les lèvres avec son mouchoir. Tout est tellement *nature*!

Il tend la main vers la planche à pain et prend encore une large tranche qu'il garnit de viande.

– Nature? Plus pour longtemps, murmure Papa.

Mais M. Haltmeier n'a pas entendu. Il lève son verre de vin, en vide la moitié d'un trait et continue avec assurance :

– Vraiment! Comment peut-on quitter cet endroit? Je ne comprends pas Ferrini. Remarquez, pour moi, ça tombe bien, ha ha ha! puisque ça m'a permis d'acheter sa maison! Mais franchement, je ne comprends pas qu'on parte d'ici pour aller en ville. Le montagnard est un peu comme un roi!

Papa rit sèchement.

– Comment est-ce, déjà, cette belle chanson qu'on apprenait à l'école? *Pauvre – mais libre – Au pied des glaciers*... C'est bien ça, je crois?

– Oui, c'est comme ça dans les chansons, dit Papa entre ses dents. Mais la réalité est plus dure.

M. Haltmeier s'arrête brusquement de mâcher, la bouche pleine. Il ressemble à une marmotte effrayée.

– Le paysan trime du matin au soir et du soir au matin. Il fauche des pentes escarpées, des endroits dangereux d'où il risque de tomber. Il construit des murettes pour retenir la terre. Et il doit encore charrier la terre et le fumier avec une brouette, s'il veut cultiver quelques légumes sur ces minuscules terrasses. En hiver, il abat des arbres et les fait descendre dans la vallée sur des traîneaux de schlittage. Et avec tout ce travail, il arrive à peine à nourrir sa famille. L'argent, on n'en voit jamais la couleur...

– Mais vous n'avez pas besoin d'argent, objecte M. Haltmeier. Vous avez du lait frais, du beurre, du pain de campagne, un peu de cette excellente viande des Grisons, ça suffit largement. Dans ces villages de montagne, l'homme peut vivre avec la simplicité et la sobriété d'antan!

Papa secoue la tête avec irritation.

– Ce n'est plus comme autrefois. Nos parents ont accepté la pauvreté parce qu'ils ne connaissaient rien d'autre. Nous, nous savons qu'on vit autrement ailleurs. En ville, le travail n'est pas aussi dur, et pourtant, on gagne plus. Nous le voyons bien : sur la route les gens des villes foncent dans leurs voitures qui coûtent des millions. Lorsqu'ils s'arrêtent, nos femmes admirent les beaux vêtements des dames. Il suffit d'ouvrir les yeux pour voir tout ce qu'ils peuvent s'offrir. Et leurs vacances encore, et Dieu sait où.

– Peut-être, peut-être, admet M. Haltmeier. Mais n'oubliez pas que vous avez ici un air pur et sain, un calme qui ne se trouvent pas ailleurs.

Il s'appuie sur le dossier de sa chaise et croise ses jambes courtaudes.

– C'est justement pour en profiter que je veux venir ici les week-ends. Ma femme n'est pas très emballée par cette maison perdue dans la montagne. Elle a passé son enfance en Italie et elle préfère aller au bord de la mer en été. Mais lorsque la maison aura été arrangée, elle la trouvera à son goût.

– Que voulez-vous changer à la maison? demande Maman.

Le visage de M. Haltmeier s'illumine :

– Je veux tout faire en style rustique. Pas de sonnette électrique, juste une cloche à vache devant la maison, j'installe mon bar dans l'étable. Pour les tabourets, des escabeaux de vacher. Dans le râtelier, un éclairage indirect. Ça met de l'ambiance. Quand j'inviterai mes collègues, ils ouvriront des yeux ronds. Aux bords des fenêtres, des géraniums rouges. Peut-être artificiels, parce que nous ne serons pas toujours là. Les géraniums en plastique ressemblent aux vrais à s'y tromper.

M. Haltmeier est tout échauffé. Il tire son mouchoir et se tapote le front et le crâne, à l'endroit où il est chauve et luisant. Puis il se tourne vers Dorli.

– Alors, tu aimes ça, le pain de campagne?

Il laisse tomber sa main sur les épaules maigrichonnes de Dorli et la secoue comme s'il était 6 heures du matin et qu'il devait la tirer du lit.

– Elle n'est pas bavarde, dit-il en clignant des yeux. N'empêche qu'elle sait très bien l'italien. Sa mère le lui a appris. Ça tombe bien que votre fils ait le même âge. Ils pourront jouer ensemble.

– Oui... seulement... Maoro conduit demain matin les bêtes à l'alpage, dit Maman. Il y restera quelque temps.

– Hein? Dans les alpages? (M. Haltmeier est enthousiasmé par cette idée.) Ça serait une occasion formidable pour ma fille!

Maman lance à tout hasard :

– Elle peut venir avec nous.

– Vous parlez sérieusement? Il reste de la place? Je veux dire pour une semaine environ?

Maman rit :

– Ce n'est pas la place qui manque. Si elle veut bien dormir sur un matelas de foin.

– Elle n'est pas difficile. N'est-ce pas, Dorli?

Tous les regards se tournent vers Dorli, qui baisse les yeux sans oser répondre et fixe son verre de sirop.

Son teint pâle fait de la peine à Maman qui ajoute :

– Nous l'emmènerons volontiers. Maoro a toujours souhaité avoir une petite sœur. Il ne demande pas mieux que d'avoir un peu de compagnie.

Maoro devient rouge comme une tomate. Il fait la moue et prend un air buté. Quoi? Cette mijaurée va l'accompagner dans les alpages! Il préfère mille fois y aller tout seul.

Dorli semble plus effrayée que réjouie par cette perspective. Maoro le constate avec satisfaction : Dorli, crispée, avale péniblement sa salive.

Mais M. Haltmeier sait tout

mieux que tout le monde. Il examine sa fille et annonce :
– Dorli sera très heureuse d'aller avec vous.

Dorli ne dit toujours rien. M. Haltmeier se lève et dit :
– Viens. Demain, il faudra se lever tôt. Remercie pour ce bon dîner.

Dorli, raide comme un bout de bois, se lève et dit au revoir.

Maoro ne lui accorde qu'un rapide coup d'œil. « Quelle prétentieuse. Avec son air de ne voir personne ! »

Encore une fois, Maoro a du mal à s'endormir. Enervé, il se tourne d'un côté et de l'autre. D'habitude, il n'entend que le bruit de la Moesa, mais ce soir des lambeaux de musique lui parviennent. Dans la maison des Ferrini, M. Haltmeier, installé près de la fenêtre, prend le frais.

La rose et l'edelweiss
Tireliri
Percent sous la neige
Au pied des glaciers
Tireliri
Et la belle faucheuse
A pris ton cœur...

Cette faucheuse qui ne connaît la fourche que par ouï-dire, c'est une pimbêche du genre des actrices que Rinaldi, son copain d'école, lui a montrées dans sa visionneuse.

Un peu plus tard, Maoro, dans un demi-sommeil, entend un orage. Des coups de tonnerre sourds et rapprochés comme les coups de fusil à l'époque de la chasse éclatent, et le bruit du torrent, gonflé de pluie, devient plus fort.

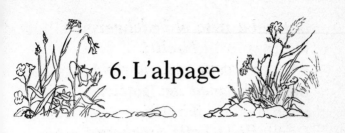

6. L'alpage

Aux premières heures du jour, les parents de Maoro, chargés de provisions, se mettent en route avec les bêtes et montent vers le col San Bernardino à travers les pâturages. Les vaches vont en tête et marchent bon train : elles sont pressées de laisser loin derrière elles les étables obscures et le foin sec de l'hiver.

Les moutons ne sont pas là. Dès la fonte des neiges, ils sont montés aux alpages avec tous ceux des environs, sous la conduite d'un berger qui va de village en village les rassembler.

Les vaches font tinter leurs sonnailles. Maoro et Dorli les suivent avec les deux chèvres et Nérino. Dorli clopine derrière les chèvres, les yeux rivés au sol, comme pour compter les cailloux du chemin. A part un « Bonjour! » bégayé à voix basse, elle n'a rien dit de toute la matinée. Maoro porte dans le dos une lourde hotte d'osier, ce qui ne l'empêche pas d'escalader les murettes qui bordent le chemin et de marcher en équilibre sur les pierres branlantes, un peu au-dessus de Dorli.

A cette heure matinale, on se sent léger comme un oiseau. On découvre la prairie au rythme des pas : ici les flaques jaunes des boutons d'or; là les voiles blancs des ombelles légères du cerfeuil.

Lorsqu'ils approchent des premiers chalets d'alpage, Maoro dit à Dorli :

– Je connais un raccourci qui coupe à travers prés, mais la pente est raide. Il n'y a pas de sentier. Il vaut mieux que tu continues sur le chemin!

Dorli secoue énergiquement la tête. Elle grimpe avec résolution, à la suite de Maoro qui fait passer les chèvres le long d'une grange et les engage sur la pente escarpée. Les chèvres et l'agneau s'élèvent sans peine par bonds légers. Dorli s'efforce de les suivre. Lorsque ses sandales glissent sur l'herbe mouillée, elle se retient aux touffes d'herbe avec les mains.

Avec ses bosses et ses ondulations couvertes de verdure, la butte qu'ils escaladent semble déboucher en plein ciel.

Des nuages moutonnants passent au-dessus de leur tête.

Voilà le sommet. Derrière l'écran d'un mélèze, ils voient s'étendre devant eux l'étendue plate des alpages. D'énormes blocs de rochers sont éparpillés dans ce paysage ensoleillé.

Maoro, grimpé sur l'un d'eux, regarde dans le fond de la vallée.

La petite tache, là-bas, ce sont les toits de son village. La Moesa brille comme un ruban d'argent et la nouvelle route lance ses grandes boucles et ses ponts audacieux qui s'étagent entre le col et la vallée.

Les enfants traversent l'herbe rase du plateau et arrivent près d'un torrent.

Des rochers et des branches mortes hérissent la surface bouillonnante des eaux. Dorli et les bêtes s'arrêtent devant l'obstacle, mais Maoro ne se laisse pas impressionner.

– Suivez-moi! ordonne-t-il.

L'eau ne monte pas plus haut que le genou. Maoro, portant Nérino dans ses bras, saute de pierre en pierre. Kobold se décide tout à coup et s'élance sur la pierre plate qui est au milieu du torrent. De fines gouttelettes couvrent son pelage. Il tourne la tête vers Bianca qui est restée sur le bord, le cou tendu en avant, la queue dressée. Il lui lance un long « Mêêê! » qui veut dire : « Courage, Bianca! »

Mais Bianca ne bouge pas.

– Hé, Dorli, traverse! crie Maoro de l'autre bord.

Mais Dorli n'est pas plus vaillante que la petite chèvre.

Elle hésite, enlève ses sandales et regarde fixement la dalle de pierre au milieu du torrent.

– Allez, hop! Dorli!

Dorli remonte sa robe et fait quelques enjambées sur les premières pierres à fleur d'eau. Il faudrait maintenant risquer le saut jusqu'à la grande pierre plate. Mais le caillou sur lequel elle a posé le pied se met à basculer. Déséquilibrée, Dorli tombe dans l'eau de tout son long, les bras en avant. Elle patauge quelques instants, avant d'attraper le bord de la pierre plate et de s'y hisser. Maoro l'aide à gagner l'autre rive.

Dorli se retrouve au milieu des lupins. Elle regarde sa robe trempée qui lui colle aux jambes. Comme s'il n'y avait pas déjà assez d'eau, Dorli sent les larmes lui monter aux yeux.

– Assieds-toi sur une pierre chaude. Tu vas sécher en un clin d'œil, conseille Maoro.

Sa voix et son air un peu confus montrent bien qu'il n'est pas très content de lui.

– Ce n'est pas grave, dit Dorli, très vite.

Elle enlève sa robe et s'assied sur la pierre chauffée par le soleil.

Maoro accroche la robe dans un buisson, où elle s'agite au vent comme un drapeau.

L'air est tiède et plein de bourdonnements d'abeilles. Sous le surplomb d'un rocher, Maoro découvre des lis rouges.

– Oh, viens vite, Dorli, ce sont des fleurs rares!

Les deux enfants s'agenouillent dans l'herbe. Dorli ferme les yeux à demi et regarde les pétales qui ressemblent à des flammes.

Le vent a bientôt séché la robe de Dorli et Maoro veut repartir. Il

va chercher la petite chèvre restée de l'autre côté du torrent et tout le monde se remet en chemin. Maintenant, le sentier monte et descend entre de hautes fougères. Ils traversent une forêt de sapins en pente raide, avant d'arriver au sommet du col.

Entre les derniers arbres, Maoro aperçoit les chalets d'alpage.

– Notre chalet est là-bas, dit-il joyeusement, en montrant un toit de pierre noire.

Les murs de rondins de couleur sombre reposent sur un soubassement de grosses pierres inégales, jointes avec un peu de ciment. A quelques mètres du chalet se trouvent trois étables pour les chèvres.

Maoro essaie de pousser la porte du chalet. La grosse serrure de fer résiste.

Il traverse à grandes enjambées

un fourré d'orties et cherche dans le soubassement de l'étable la cachette où on laisse la clé : une brèche entre les pierres. Heureusement, l'automne dernier, Papa a marqué l'endroit avec une croix à la craie.

Maoro revient avec une longue clé rouillée.

La porte tourne sur ses gonds en grinçant.

L'intérieur est plongé dans l'obscurité. La lumière ne pénètre que par les fentes entre les rondins. Les enfants montent au grenier où il reste du foin de l'année précédente. Maoro saute à pieds joints sur les tas d'herbe sèche. Il soulève un nuage de poussière verte et fait craquer le plancher de sapin. Ils entendent les sonnailles du troupeau de vaches qui arrive.

Maman déballe les sacs à dos et dispose le repas sur une table en planches taillées au couteau. Pour faire cuire la soupe elle verse l'eau dans une marmite d'aluminium pansue et bosselée et la suspend au crochet, qui pend au bout d'une chaîne au-dessus du foyer. Dorli regarde autour d'elle avec étonnement. Dans la pièce il n'y a que le foyer encrassé de suie, la table et les étagères où sont posés les ustensiles de cuisine. Au fond, une porte conduit à l'étable. Maoro montre à Dorli l'endroit où ils dormiront ce soir, juste au-dessus des vaches.

Après avoir mangé, Maoro aide son père. Puis il grimpe au sommet du sapin, qui était déjà pour lui l'année précédente un mât de vigie. De là-haut, il domine tout ce qui se passe aux alentours du chalet. Il voit les deux chèvres cabrioler dans la prairie et Dorli qui caresse Nérino, attaché à une longue corde.

Le soir, arrive Luigi, le berger de l'alpe Sasso. Il apporte du fromage de chèvre et des œufs dans sa hotte d'osier.

Maoro regarde Luigi déballer ses provisions. Il plonge son bras jusqu'au fond de la hotte. C'est amusant de voir sa peau constellée de taches rouges, comme un semis de petits soleils.

Les bergers que connaît Maoro, ce sont des costauds, à la nuque épaisse, aux bras musclés de boxeurs. Luigi ne leur ressemble pas du tout, il est tout en longueur. Ses cheveux ont les couleurs de l'automne et poussent dans tous les sens.

Maoro connaît Luigi depuis toujours.

Un dimanche après-midi, Luigi l'a emmené dans un café à Pian San Giacomo. Il a commandé un jus de pomme pour Maoro, une bière pour lui et ils se sont assis tous les deux à une longue table de bois, à côté des autres bergers. Soudain, l'un d'eux a reposé son pot de bière avec tant de violence que la bière a jailli sur la table. Il s'est planté devant Luigi et a remonté ses manches pour faire rouler ses biceps :

– Ça c'est des jolies souris, hein, Luigi! C'est autre chose que des baguettes! A la foire, si nous luttons, je te souffle dessus et tu es tout de suite au tapis!

Il gonflait ses joues et soufflait au nez de Luigi.

Maoro a senti sur son visage une

haleine qui empestait la bière.

Les autres bergers riaient bruyamment.

Mais Luigi ne s'est pas démonté. Il a tiré une bouffée de sa pipe à couvercle et a murmuré :

– Prends garde que ces souris ne te grignotent le peu de jugeote qui te reste, a-t-il dit en se frappant le front avec le doigt.

Les bergers n'ont plus rien dit, car chacun sait que Luigi est un homme capable. Son fromage de chèvre est réputé dans toute la vallée et le boucher préfère ses veaux vigoureux et sans mauvaise graisse. Mais surtout il emmagasine dans sa tête toutes sortes de choses utiles à savoir, comme d'autres engrangent le seigle et le froment dans leur grenier. Il n'y a pas une plante, pas un animal sur lesquels Luigi n'ait pas quelque chose à dire. Il connaît les fourrés où passe la martre, les terriers des renards, les galeries souterraines des marmottes. Il sait lire les pistes des animaux. Il connaît les plantes qui guérissent le mal au ventre, le mal à la gorge, la migraine et les rages de dents. Il sait reconnaître les champignons.

Enumérer tout ce que Luigi sait faire, cela prendrait des heures.

Entre-temps, Maman a préparé des pommes de terre qu'elle pose sur la table à côté du fromage de chèvre.

– Assieds-toi, dit-elle à Luigi en lui servant une tasse de café au lait.

Luigi rayonne, heureux d'avoir un peu de compagnie. Depuis la fonte des neiges, il vit seul dans son refuge de l'alpe Sasso, avec un jeune garçon taciturne que la commune a engagé comme berger. Durant de longues soirées, il est resté assis près du feu, le regard fixé dans les flammes, se remémorant les vieilles légendes qu'on se raconte encore dans le val Mesolcina.

– Ton fromage est délicieux, lui dit Maman. Je n'en connais pas de meilleur.

Papa fait un signe de tête approbateur et se taille un généreux morceau dans la boule de fromage.

Le visage de Luigi s'épanouit. Après le repas, il se renverse dans sa chaise et allume sa pipe.

Maintenant que le soleil s'est couché, la pièce s'est refroidie, les murs sont glacés. On sent que le chalet n'a pas été habité depuis longtemps.

Maman ajoute quelques bûches

sur les braises. Une odeur de sapin se répand.

– Mmm, ça sent bon, dit Dorli de sa petite voix haut perchée.

Maman sourit. C'est la première fois que Dorli parle sans qu'on lui ait rien demandé. « C'est bien que Dorli soit venue, pense Maman. Ici, avec nous, elle se dégèlera. »

Maoro essaie d'enlever la pipe de la bouche de Luigi.

– Luigi, raconte-nous une histoire.

– Je n'en connais pas.

– L'année dernière, tu en savais plein!

– Je les ai oubliées!

– Tu te moques de moi!

– Il va falloir que je demande à mon petit doigt de m'en raconter une. Sinon, je n'aurai pas de répit.

Luigi fait semblant d'être au supplice, mais tout le monde sait bien qu'il adore raconter des histoires.

Il s'installe confortablement, rapproche sa chaise du cercle de lumière de la lampe à pétrole, passe plusieurs fois la main dans ses cheveux roux hirsutes et commence :

– Près de Roveredo vivaient deux frères, Méo et Téo. Ils se ressemblaient comme des jumeaux : ils avaient tous deux une tumeur au cou, car cette maladie, qu'on appelle le goitre, était répandue dans la vallée. Mais lorsqu'on les connaissait un peu mieux on voyait qu'ils étaient très différents l'un de l'autre. Méo était secourable, agréable avec ses voisins et bon envers les animaux. Téo, au contraire, n'avait jamais une parole aimable; il battait souvent les bêtes et leur donnait peu à manger. « Un jour de mars, Méo décide de monter aux alpages. L'hiver avait été rude et Méo voulait réparer le toit de son refuge. Lorsqu'il arrive, la hotte sur le dos, au lieu-dit Pian di Mark, à mi-hauteur, il voit des éclairs sillonner le ciel.

« " C'est un orage qui se prépare ", pense Méo. Il jette encore un regard vers le ciel plombé et noir comme en hiver. Puis il voit des lueurs filer de-ci, de-là et des flammes pâles danser sur les dernières plaques de neige. L'air s'emplit de sifflements et de grondements.

« Méo tressaille d'épouvante : " Les sorcières! "

« Vite, il se cache derrière le plus gros tronc d'arbre. Des formes s'agitent en tous sens autour de lui. Des silhouettes étranges, enveloppées de voiles gris, glissent le long de la pente. Méo a les oreilles pleines de sifflements et de hurlements. Il ferme les yeux, prudemment, mais une lumière violente lui frappe les paupières et l'oblige à regarder devant lui. A côté de l'arbre où il s'est caché, se dresse un géant au visage noir comme de la suie. Méo comprend immédiatement à qui il a affaire : le Maître des Sorcières. Les bergers, assis le soir près du feu, racontent sur lui des histoires à faire frémir.

« " Je sens un chien de Chrétien ", murmure le Maître et il se met à renifler comme un cochon en quête de glands. Méo se plaque contre le tronc d'arbre. Mais le flair du Maître des Sorcières lui permet de découvrir la chair humaine. Avec son immense griffe, il tire Méo de derrière son arbre.

« " Misérable ver! Chien de Chrétien! grince-t-il. Que fais-tu en travers de notre chemin? Que veux-

tu aux puissances infernales? "
« Les bruits confus cessent immédiatement. Les formes grises des
sorcières dépenaillées s'immobili-
sent entre les arbres.

« " Quelle punition mérite-t-il? " demande le Maître des Sorcières.

« " Qu'il aille son chemin! " s'excla-
ment les sorcières-qui-connaissent-
les-herbes. Elles sont bien dispo-
sées envers Méo, car il entretient
soigneusement des plates-bandes
d'herbes médicinales derrière sa
maison.

« " Laisse-le aller, laisse-le aller ",
criaillent les sorcières-qui-connais-
sent-les-bêtes.

« " Bien, mais il faut tout de même
lui laisser un souvenir... pour qu'il
ne nous oublie jamais! " dit le Maître des Sorcières.

« Méo les entend à nouveau siffler
et hurler à ses oreilles. Il ne sait pas

ce qui lui est arrivé après cela. « Lorsqu'il revient à lui, il ne songe plus à réparer son toit. Il fait demi-tour aussitôt.

« Lorsqu'il revient chez lui, il rencontre son frère qui écarquille les yeux en l'apercevant : " Ton goitre a disparu ! " s'écrie-t-il. " Comment as-tu fait pour t'en débarrasser ? Dis-le-moi vite. "

« Méo se regarde dans le miroir accroché au-dessus de la commode. Il se passe la main sur le cou et tourne la tête en tous sens. C'est vrai, son goitre a disparu ! Il est si joyeux qu'il raconte à son frère toute l'histoire.

« Naturellement, Téo en verdit de jalousie. Quelques jours plus tard, à son tour, il se met en route. Il monte à Pian di Mark et attend derrière un arbre. Le temps de compter jusqu'à dix et voilà les éclairs et les hurlements du vent et des sorcières. Le Maître des Sorcières le trouve derrière son sapin.

« " Que faut-il faire de lui ? " demande-t-il.

« " Punis-le ! " s'écrient en chœur les sorcières.

« " Bien, toi aussi, tu te souviendras de nous ", décide le Maître des Sorcières.

« Les sifflements et les hurlements se déchaînent et les yeux de Téo s'obscurcissent. Lorsqu'il revient à lui, il rentre aussitôt. Il a hâte d'admirer son cou lisse et guéri dans le miroir. Méo, sur le pas de la porte, le fixe avec horreur. Et Téo voit dans le miroir que son cou a doublé de volume. Les puissances infernales ont ajouté à son goitre celui de son frère. »

– Etais-tu vraiment obligé de ra-

conter une histoire aussi abomina-
ble? reproche Maman en riant.
Cette nuit, les enfants ne pourront
pas fermer l'œil.
– Oh, je ne crois pas aux sorcières,
dit avec aplomb Maoro, bien qu'il
en ait encore des frissons dans le
dos.

Il se rappelle soudain son aventure dans le château fort:
– Luigi, est-ce vrai qu'un garçon de
Soazza a trouvé une pièce d'or
dans les murs du château fort?
– On le raconte partout dans la
vallée. Il doit bien y avoir quelque
chose de vrai.
– Est-ce que le bailli de Milan
hante la tour et compte ses pièces
d'or à minuit?
– Arrête ces histoires, dit le berger
en riant. Dorli est devenue toute
pâle. Tu as peur, Dorli?

Ils se tournent tous vers Dorli,

qui est assise toute raide devant la table et qui regarde fixement la fenêtre.

– Chut, murmure-t-elle en posant le doigt sur ses lèvres, il y a quelque chose dehors.

– Mais non, dit Maman, ce sont les sapins qui remuent dans le vent, ou alors c'est un hibou que tu as entendu.

– Non, ce n'est pas ça!

Tous prêtent l'oreille dans le silence de la nuit.

– Là, là! Vous n'entendez pas? dit soudain Dorli.

Une pauvre petite voix leur parvient à travers l'obscurité. Elle semble provenir de l'étable des chèvres. Maintenant, on entend distinctement un long et pitoyable bêlement.

Maoro pousse un cri :

– L'agneau et les chèvres! J'avais

oublié qu'ils sont encore dehors!
Je les ai oubliés.

Il bondit de sa chaise.

– Tu fais un drôle de berger, dit
son père avec irritation. Le soir, il
faut rentrer l'agneau et les chèvres
à l'étable, tant qu'elles ne sont pas
habituées à ce monde nouveau
pour elles. Elles pourraient se perdre et se casser le cou.

Ils entendent un autre bruit,
cette fois furieux et glapissant,
comme un aboiement.

– Là, il y a quelque chose qui ne va
pas!

Luigi se lève d'un bond, attrape
la lanterne et sort en courant dans
l'obscurité. Maoro le suit.

Près des étables, Luigi lui saisit
le bras.

– Regarde là-haut. Tu vois?

Au sommet d'une butte les som-
bres silhouettes des chèvres se

découpent sur le ciel plus clair. L'agneau doit être là-haut lui aussi. Sa corde se tend en direction du sommet.

A l'endroit où devrait se trouver l'agneau, Kobold fait des bonds sauvages; il donne des coups de cornes et des coups de sabots à un ennemi invisible.

– Kobold n'est tout de même pas en train d'attaquer Nérino! s'écrie Maoro, horrifié.

Il veut s'élancer, mais Luigi le retient.

– Non, il y a autre chose.

Il montre du doigt une petite ombre noire. Maoro distingue maintenant des pattes et une longue queue gonflante. L'ombre file au ras des buissons et disparaît sur l'autre versant de la butte.

– Un renard! dit Maoro.

– Oui, répond Luigi, c'est le renard

du ravin. Une bête sanguinaire! Il a une grande queue rouge feu. Il m'a déjà volé quatre des mes poules. Je le guette depuis le début du printemps, mais l'animal est rusé!

Entre-temps, Dorli et les parents de Maoro les ont rejoints. Ils montent ensemble sur la butte.

Luigi attrape le bouc par les cornes.

– Quelle bête courageuse! Tu te sers de tes cornes comme de sabres!

Le berger le flatte en lui donnant des petites tapes pour le féliciter.

– D'où vient cette belle bête? Je croyais que vous aviez vendu toutes vos chèvres l'année dernière.

– Il est à Tante Flora, de même que la petite chèvre. Elle m'a chargé de les garder pendant l'été, dit Maoro en baissant les yeux.

Il a honte d'avoir oublié ses

bêtes, dès le premier soir.

Il caresse Bianca. La petite chèvre qui a posé sa tête sur le dos de l'agneau tremble encore. Nérino, lui, semble avoir déjà oublié sa frayeur. Il tire sur sa corde et tend le cou pour attraper une touffe d'herbe. N'a-t-il donc pas compris que c'est lui que le renard avait choisi comme proie?

– Demain, il faudra aussi attacher Bianca au piquet, dit Papa à Maoro. Elle n'est pas encore habituée à cet endroit et risque de s'égarer dans le ravin, où le renard a son terrier.

Maoro a compris la leçon.

Il est résolu désormais à veiller sur ses bêtes. Aujourd'hui, quelle chance! Il en est quitte pour la peur.

L'agneau et les chèvres sont

bientôt à l'abri dans l'étable. Les enfants s'installent dans la grange, où Maman a préparé deux matelas, avec le foin de l'année dernière. Une échelle conduit au grenier où dorment les parents.

De sa couche de foin, Maoro voit le vent fracasser les longues branches des sapins. Sous le plancher de la grange, une vache meugle doucement.

Le bruit clair d'une cloche tinte parfois dans l'étable des chèvres. « Bianca s'est retournée en dormant », pense Maoro.

Couché sur le dos il regarde les poutres brunes au-dessus de lui puis il se creuse une place confortable dans le foin.

Enveloppé d'odeurs de mousse et de fougère, il se sent comme une bête de la forêt, couchée dans un merveilleux nid de verdure.

7. Dorli et Bianca

Le lendemain matin, Maoro noue une corde autour du cou de Bianca et l'attache à un piquet. La corde est assez longue pour qu'elle puisse aller et venir à sa guise entre la prairie ensoleillée et l'ombre des sapins. Kobold n'est pas attaché. Il a prouvé la veille qu'il n'a rien à craindre du renard. Heureux d'être en liberté il cabriole comme un fou. Il a toute la prairie pour lui. Que d'herbes de toutes sortes! Longues et tranchantes, rondes, dentelées ou finement découpées, toutes sont pleines de sève et de saveur.

L'odeur de l'arnica vient chatouiller le nez de Kobold par bouffées. Ici, il décapite une campanule; là, il goûte une mille-feuille. Il est enivré par les essences du genévrier. Il fait des bonds sauvages dans tous les sens, aiguise ses cornes dans le vide, se roule dans l'herbe et à nouveau se relève.

Maoro, pendant ce temps, aide son père. Il sort le fumier de l'étable, descend des bottes de foin, remplit les mangeoires et étend la litière fraîche sur le sol.

Dorli explore les environs du chalet et va voir le sapin de Maoro. Ses longues branches basses forment une grande tente verte. Au pied de l'arbre, le sol est tapissé d'aiguilles sèches, rousses comme la fourrure d'un écureuil et qui craquent sous les pas.

Dorli renverse la tête : son regard remonte le long du tronc, jusqu'au sommet, où Maoro, à son poste d'observation, est caché quelque part dans les branches. Elle voit le bleu du ciel entre les branches; un nuage passe. Dorli a le vertige et préfère revenir sur terre. « Je n'arriverai jamais à grimper jusqu'en haut, pense-t-elle. Mieux vaut s'asseoir dans la prairie, le dos bien calé contre un rocher. »

Comme tout est calme, ici!

Pourtant, la montagne n'est pas muette : de sa fine voix elle vous susurre mille choses à l'oreille. L'air est rempli du bourdonnement des abeilles. On entend le léger ronflement des myriades de moucherons aux ailes irisées.

En ville, on est poursuivis jour et

nuit par le vacarme des autos et des tramways. La télévision reste toujours allumée à la maison. Dorli en a parfois mal à la tête. Mais il y a pire encore : on ne la laisse jamais tranquille.

On chuchote dans son dos : « Elle n'est pas comme les autres. Elle est si calme ! »

Les mots incessants des gens lui font mal : Parle donc, ne reste pas là comme si tu étais muette. Allez, dis quelque chose ! Ne nous oblige pas à te tirer tous les mots de la bouche. Personne ne te mangera !

Dorli, abasourdie par ce déluge de paroles, essaie de dire quelque chose, commence une phrase, rougit, se mord les lèvres et se tait.

Ici, dans la montagne, on la laisse en paix. Personne ne l'oblige à parler.

Les nuages passent dans le ciel

et s'accrochent à la crête des montagnes. Au loin, les ruisseaux murmurent.

Dorli se rappelle soudain que, tout enfant, en voiture avec ses parents, elle a suivi la route du San Bernardino. Elle regardait par la fenêtre le paysage du val Mesolcina et s'était soudain écriée : « Du lait! Du lait! »

Son père avait arrêté la voiture. Il était heureux chaque fois que cette enfant silencieuse prononçait quelques mots. Dorli très impressionnée montrait les cascades blanches. Son père lui avait dit en riant :

– Oui, il y a là-haut un paysan qui trait les vaches. Le lait dévale la montagne et arrive directement dans la vallée où on le met en bouteilles.

– Ne raconte donc pas de sottises

à cette petite! avait protesté sa mère.

Mais pour Dorli c'était vrai, puisqu'elle voyait de ses propres yeux que c'était du lait! Un beau lait blanc et mousseux!

Elle fit plus tard un voyage avec sa classe. L'instituteur avait alors expliqué cette fois que les torrents et les cascades se jettent dans les rivières. « L'eau, avait-il dit, tombe des hauteurs avec une telle force qu'elle capture des petites bulles d'air. Elle bouillonne et devient blanche comme du lait. »

– Mê-ê-ê..., entend soudain Dorli couchée dans l'herbe.

Au-dessus d'elle, apparaît, encadré par les brins de trèfle et de cerfeuil, le museau blanc de la petite chèvre.

– Bianca!

Dorli tend la main et passe ses

doigts écartés dans le poil épais.

Mais Bianca fixe un point dans le lointain de ses yeux qui paraissent en verre. Elle voudrait s'enfoncer plus loin, au cœur de la prairie où l'herbe est aussi haute qu'elle, mais avec cette corde, c'est impossible. De temps en temps, elle donne de brusques secousses à son attache. Les petites cornes arquées fendent l'air impatiemment.

Elle tend désespérément le cou vers une minuscule fleur bleue, qui pousse hors de sa portée, sans prendre garde qu'elle en a une toute semblable sous les sabots et qu'elle est en train de l'écraser.

Elle tire encore de toutes ses forces sur la corde. Le nœud lui écorche le cou. Bianca tourne la tête vers Dorli, bêle et la regarde comme pour lui demander son aide.

Sa plainte attendrirait les pierres.

Dorli se bouche les oreilles pour réfléchir calmement : « Bianca est une princesse-chèvre, Maoro l'a dit. On ne peut tout de même pas tourmenter une princesse en l'attachant à une corde. Je vais la libérer un quart d'heure. Le renard n'osera pas venir en plein jour dans la prairie. »

La petite chèvre se laisse faire très sagement lorsque Dorli défait le nœud autour de son cou, puis elle fait quelques bonds, de-ci, de-là, pour s'assurer qu'elle est bien libre.

Elle a maintenant l'œil vif et joyeux et regarde autour d'elle. Le vent soulève son poil et lui apporte d'agréables odeurs.

Dorli, ensuite, flâne près des étables. Elle va voir Nérino qui est attaché aujourd'hui à une corde plus courte, car Maoro ne veut pas qu'il aille, comme hier, sur la butte qui surplombe le ravin.

Le renard était aux aguets dans les fourrés de genévrier! Dorli aimerait bien le revoir à la lumière du jour, elle pourrait admirer la queue rouge feu dont a parlé Luigi.

Dorli s'enhardit à grimper sur la butte, jusqu'en haut. De là, son regard plonge jusqu'au fond du ravin. Où est le terrier du renard? Sous ces pins rabougris? Parmi les rochers éboulés?

Dorli ne s'aventurerait sur cette pente pour rien au monde. Luigi le ferait peut-être. Ce n'est pas étonnant : il ressemble à un renard, avec ses cheveux flamboyants et ses drôles de taches rousses sur les bras.

– Dorli, à table!

La mère de Maoro sur le pas de la porte fait signe à tout le monde de venir.

Dorli court vers le chalet. Elle arrive au moment où la mère de Maoro décroche la marmite pleine de soupe fumante et commence à remplir les assiettes avec une grande louche. Elle sent la bonne odeur de la soupe de légumes, du *minestrone*, un mélange de macaroni, de haricots et de légumes finement hachés. C'est une soupe si épaisse que la cuiller y tient debout. Voilà de quoi rassasier l'appétit d'ogre de Maoro!

Dorli, elle aussi, aime le *minestrone*. Personne ne sait heureusement qu'à la maison elle ne mange jamais de soupe.

Après le repas, Maoro va dans la grange avec son père. Tous deux vont réparer le toit qui a été abîmé par la neige.

Dorli se souvient de Bianca. Prise d'inquiétude, elle retourne en courant jusqu'à la prairie. Ouf! La petite chèvre est là. Elle broute tranquillement parmi les margueri- tes sauvages.

Il est grand temps de la ratta- cher! Dorli s'approche de Bianca en tendant les bras pour l'attra- per.

La chèvre lève la tête, regarde sans bouger les mains qui veulent la saisir, ces mains qui lui rappel- lent confusément le frottement douloureux de la corde.

Elle s'échappe d'un bond et s'en- fuit à travers la prairie.

– Bianca, arrête-toi! Reviens! crie Dorli désespérée.

Elle part à sa poursuite, mais Bianca plus rapide prend vite une

bonne avance et se remet à brouter plus loin, dès qu'elle se sent en
sécurité.

Quand Dorli, tout essoufflée, se
rapproche de Bianca, celle-ci s'éloi-
gne de quelques bonds.

Cette fois, Dorli a vraiment peur.
Elle court en criant et agite les
bras, sans s'apercevoir qu'elle
chasse la petite chèvre de plus en
plus loin, au-delà des pâturages,
vers les rochers abrupts.

Les dernières étables, longues et
basses, sont à l'ombre des hautes
parois de la montagne. Des vaches
pie se serrent, flanc contre flanc,
autour d'un abreuvoir. Elles regardent passer la petite fille en
ouvrant des yeux ronds.

Bianca commence à escalader
des éboulis. Ses sabots volent de
roc en roc. Elle grimpe avec la
légèreté d'un chamois.

Dorli hésite un instant, puis se lance à l'assaut des premiers rochers sans réfléchir davantage. Elle est bientôt obligée d'avancer à quatre pattes. A chaque pas, des cailloux roulent sous ses pieds et dévalent la pente jusqu'aux premiers buissons qui les arrêtent. Puis, deux ou trois grosses pierres, auxquelles elle veut se retenir, se détachent sous sa main et rebondissent plusieurs fois dans la descente avant de s'écraser au bas des éboulis.

Dorli les suit du regard avec terreur.

En haut de la coulée de pierres, la chèvre a atteint une étroite bande de terre gazonnée, qui conduit sur un rocher en surplomb. Là quelques arbres nains bravent le vent et l'altitude. Dorli a les mains toutes écorchées par les

149

arêtes coupantes des pierres. Elle s'agrippe pour ne pas glisser en arrière. Arrivée sur l'étroit terreplein, elle progresse lentement, le corps collé contre la paroi.

– Bianca!

La montagne lui renvoie l'écho.

Dorli n'ose plus avancer ni reculer. Des murs abrupts l'entourent.

Loin en dessous, dans un vide béant, s'étendent les alpages. Les étables, les vaches et les gros rochers sont devenus des points noirs. Les ombres des nuages planent lentement sur la prairie comme des oiseaux de proie. Dorli a le vertige. Elle ferme les yeux et appuie son visage contre le rocher. La petite chèvre blanche n'a pas peur du tout. Un vent frais caresse ses longs poils. Bianca s'aperçoit qu'elle n'est plus poursuivie et

commence à brouter tranquillement sur la corniche vertigineuse.

Le soleil est déjà bas dans le ciel
lorsque Maoro s'aperçoit que Dorli
et Bianca ont disparu. Il court derrière les étables. Dorli est peut-être
grimpée dans le sapin. Il scrute les
branches en vain. Il va au milieu
de la prairie. Le piquet de Bianca
est bien là, mais la corde traîne
dans l'herbe, parmi les marguerites
et le trèfle.
– La chèvre a dû s'échapper, et
Dorli a peut-être essayé de la rattraper, dit la mère de Maoro. J'espère qu'elles ne sont pas descen-
dues dans le ravin.

Elle va jusqu'à la grange, où le
père de Maoro, toujours sur
l'échelle, répare une poutre ver-
moulue.

Celui-ci sort de la grange, pose

l'échelle contre le mur et monte sur le toit. Les mains en porte-voix, il appelle Dorli.

Personne ne répond.

Un pli soucieux entre les sourcils, il décide en grande hâte :

– Maman et moi, nous descendons dans le ravin, il vaut mieux y aller à deux. Toi, Maoro, tu vas chercher avec Luigi en direction du rocher. Il ne faut pas perdre de temps. Il va bientôt faire nuit.

Maoro monte en courant vers le refuge. Luigi est en train d'abattre un arbre frappé par la foudre. Lorsqu'il voit arriver Maoro, il pose sa hache et dit en riant :

– Eh, il y a le feu?

– Dorli a disparu, la chèvre blanche aussi!

Maoro, hors d'haleine, essuie la sueur de son front.

Luigi va chercher ses jumelles. Il

les braque sur les pentes et scrute lentement tous les surplombs, les corniches et les éboulis.

Soudain, il abaisse les jumelles et les donne à Maoro.

– Regarde!

– Où?

– Au-dessus de cet éboulis, la corniche, à gauche du rocher!

Maoro appuie si fort les jumelles sur son nez qu'il en a mal. Il a trouvé l'endroit. Il voit bouger un point blanc. Il règle mieux les jumelles et distingue des pattes et des cornes.

– C'est Bianca!

Luigi hoche la tête.

– Je ne suis pas sûr que Dorli soit avec elle. Sur la corniche, près du pin, il y a une forme claire qui ne bouge pas. Ce n'est peut-être qu'une pierre.

– Je parie que c'est Dorli! s'écrie

Maoro qui distingue à son tour la forme indécise.

Luigi dit gravement :
– Je ne sais pas comment elle a pu monter jusque-là, si c'est bien elle. Sa vie est en danger. Cet endroit est mauvais. A l'automne dernier, un berger du val Mesolcina a fait une chute... Vite, allons-y!

Luigi et Maoro traversent les prés en courant. Ils effarouchent les veaux qui se bousculent maladroitement sur leur passage. La montagne couvre de son ombre une grande partie des pâturages. Luigi ralentit l'allure et, au pied des éboulis, conseille à Maoro :
– Reste toujours à côté de moi, pour ne pas recevoir les pierres qui rouleront sous mes pieds.

Ils arrivent enfin en haut de la coulée de pierres.

– Attends-moi ici, dit Luigi. Il ne faut pas leur faire peur.

Luigi disparaît derrière le rocher.

Maoro attend dans un silence angoissant.

Le cœur serré, il regarde les parois abruptes qui paraissent ternes et grises, maintenant que le soleil a disparu derrière les montagnes. Dans une crevasse, une traînée de neige boueuse retient les dernières lueurs du jour. Les failles et les niches sont déjà plongées dans l'obscurité. La montagne a pris un aspect inquiétant.

Maoro est soulagé d'entendre des pas. Luigi est revenu par le même chemin, portant Bianca dans ses bras.

– Vite, prends-la!

– Et Dorli?

– Je vais la chercher. Elle est bloquée sur la corniche, à demi morte de peur.

Cette fois, Luigi a plus vite fait. Le voilà de retour avec Dorli qui sanglote sans bruit, le visage caché dans son épaule. Maoro les suit avec Bianca.

Ils redescendent prudemment les éboulis.

8. Les moutons

Dorli, après quelques jours, s'est remise de sa frayeur. M. Haltmeier vient chercher sa fille à la fin de la semaine.

Mais la mère de Maoro lui dit :
– Il vaut mieux que Dorli reste ici. L'air de la montagne lui fait du bien, elle se dégourdit et ses joues prennent des couleurs.

M. Haltmeier ne demande pas mieux. Il fourrage dans l'herbe avec sa canne, regarde un peu les sommets, boit un verre de lait et redescend vers Pian San Giacomo où il a garé sa voiture, devant le café.

Maoro est content que Dorli ne soit pas partie.

Bien sûr, son père a besoin de lui à l'étable mais, quand le travail est fini, Dorli et lui vont ramasser des herbes, des pierres, des racines aux formes étranges dans lesquelles, le soir, ils sculptent des visages.

Dorli apprend à grimper au sapin. Evidemment elle n'atteint pas encore le sommet de l'arbre, mais, pour une fille de la ville, ce n'est pas mal. Dorli n'est pas une poule mouillée.

C'est ainsi que le temps passe.

Maintenant on fauche l'herbe des alpages. L'air embaume le foin, la fougère et le miel sauvage.

La fenaison passée, le père de Maoro monte seulement le samedi et le dimanche au chalet d'alpage. Il doit aussi faire les foins autour du village.

Dorli va quitter les montagnes. Pour elle, les vacances d'été sont terminées. Elle regrette de quitter Maoro et ses parents. Les vacances d'automne seront vite là heureusement! Maoro pense déjà à tout ce qu'ils feront ensemble, au village, car ils sont voisins!

Maoro est maintenant souvent seul au chalet. La semaine lui paraît interminable. Le samedi, il attend avec impatience son père qui apporte du village les provisions et les nouvelles.

Dès le début de l'après-midi, Maoro se met à son poste d'observation dans le sapin et, de ce nid d'aigle, il scrute la vallée. Il surveille une trouée dans la forêt par laquelle il aperçoit un bout de chemin.

Il voit d'abord apparaître un minuscule point clair : la hotte de son père. Un quart d'heure plus tard, il distingue, entre les branches des sapins, la tête et le dos courbé sous la hotte.

Maoro est alors certain que c'est bien son père.

Il lui faut encore compter dix minutes avant de voir son père sortir de la forêt et déboucher dans les alpages. Si Maoro ne voit personne au bout de ces dix minutes, il comprend que son père a pris l'autre chemin. Il devra alors l'attendre jusqu'au soir. Son père est allé retrouver les bergers et les paysans des alpages voisins, au café de Pian San Giacomo. Ils jouent aux cartes et discutent, de la récolte, du temps qu'il a fait, des prix au dernier marché à bestiaux.

Ces derniers temps, son père fait de plus en plus souvent le détour par Pian San Giacomo. Parfois, il arrive au chalet l'air abattu. Il avale son *minestrone* sans dire un mot. Après le dîner, les parents parlent longtemps et, par moments, ils élèvent la voix comme s'ils se disputaient.

Un soir, Maoro entend sa mère dire :

– Si seulement tu pouvais trouver un travail de complément sur le chantier de la route, par exemple. Nous aurions un peu plus d'argent.

– La route? Il n'y a plus rien.

– Tu en es sûr?

– Aujourd'hui j'ai discuté avec les hommes du chantier, au café de Pian San Giacomo. Ils ont assez d'ouvriers, ils ne prennent plus personne.

– Il doit bien y avoir d'autres pos-sibilités.

– Il n'y en a pas.

– Juste un peu d'argent... Un tout petit peu plus d'argent. C'est bien-tôt l'automne. Maoro grandit. Il a besoin de chaussures et de vête-ments. Et à moi aussi, ajoute Maman doucement en fixant le feu, il me faudrait un manteau neuf.

– Ta sœur de la ville ne t'envoie donc plus de vêtements? demande Papa.

– Si, bien sûr. Mais ça ne me va ja-mais vraiment bien. J'aimerais bien avoir de jolies choses de temps en temps. Tu ne trouves pas que je suis trop jeune pour porter tou-jours des vêtements usagés?

Papa grogne une réponse inaudi-ble. Maman reste silencieuse quelques instants et se passe la main dans ses beaux cheveux châtains. Puis elle dit d'un ton amer :

— Quand je pense à toutes les choses neuves que ma sœur achète chaque automne, pour elle et pour ses enfants! Des manteaux neufs! Des bottes neuves! Des anoraks et des pull-overs neufs! Des gants, des écharpes, des bonnets neufs!

Lorsque Maman se tait, à la fin de cette litanie, Maoro remarque pour la première fois des plis au coin de sa bouche, qui lui donnent un air dur.

Un peu plus tard, elle feuillette un gros catalogue reçu de la ville. Ses doigts glissent sur les photos en couleur qui présentent des vêtements et des chaussures.

— Voilà ce qu'il te faudrait, dit-elle à Maoro en lui montrant un blouson marron, doublé de fourrure, avec une fermeture éclair et un capuchon.

– Le mien me va encore très bien.

Maoro fait comme s'il se moquait d'avoir un blouson neuf, mais sa mère ne l'écoute pas et soupire :

– Si seulement je pouvais acheter tout ce qu'il faut, pour une fois.

Le samedi suivant, Maoro aperçoit bien avant l'heure habituelle la hotte de son père entre les cimes des arbres. Quelques minutes plus tard, celui-ci tout essoufflé arrive par le raccourci entre les sapins. Cette fois, il n'a pas fait le détour par Pian San Giacomo.

Maoro descend du sapin et court à sa rencontre.

D'habitude, lorsque Maoro court

vers lui, le samedi, son père s'arrête, rit, appuie sa hotte contre une grosse pierre, défait les lanières, attrape son fils sous les bras et le fait tournoyer autour de lui.

Aujourd'hui, il se contente d'un signe de tête; il marche d'un pas lourd à côté de Maoro, courbé sous le poids de la hotte, et entre dans le chalet sans mot dire.

« Il a dû se passer quelque chose », pense Maoro.

Maoro entre au moment où sa mère s'écrie :

– Qui te l'a dit?

– Le petit berger est descendu hier au village.

– Quand est-ce arrivé?

– Avant-hier. Pendant l'orage.

– Dix-huit moutons, gémit Maman, les larmes aux yeux.

– Qu'est-ce qui est arrivé aux moutons? s'écrie Maoro.

– Dix-huit de nos moutons sont tombés dans un ravin, répète Papa.

Tassé sur une chaise, les coudes appuyés sur la table, il se tient la tête entre les mains.

Maoro le regarde fixement.

– Quels animaux stupides! dit-il, plein de colère. C'est sûrement la vieille Messalina qui allait en tête. Elle est tombée dans le précipice et les autres l'ont suivie!

– Ne crie pas comme ça!

Son père a l'air épuisé et abattu. Il n'a certainement pas dormi de la nuit.

Maoro s'écrie avec surprise :

– Mais les moutons sont assurés!

– Seules les vaches sont assurées, murmure son père qui ajoute après un instant de silence : On n'a que des ennuis avec ces bestiaux. Il a déjà fallu faire attention qu'ils n'attrapent pas la teigne, qui s'est déclarée dans toutes les alpes italiennes : contrôler la nourriture, tenir les étables propres, faire venir le vétérinaire, désinfecter. On commence à peine à respirer, on s'imagine que le plus dur est passé, et voilà ce qui arrive!

– Dire qu'on aurait pu les vendre à l'automne! dit Maman en pleurant.

Papa ne répond rien. Il regarde la porte, secouée par les bourrasques de vent, puis il murmure d'une voix morne, comme s'il se parlait à lui-même :

– On finit par en avoir assez de toutes ces histoires.

– Comme Ferrini? demande Maoro, qui a peur de comprendre.

– Oui.

– As-tu de ses nouvelles? demande Maman.

– Il y avait une lettre de sa femme hier. Tout va bien, chez eux. Il paraît qu'il y a une place de libre à l'usine...

– Il faudrait voir si on peut trouver un logement pas trop cher. En ville, ça ne doit pas être facile, dit Maman d'une voix hésitante.

Ce soir-là, dans son lit de foin, Maoro entend ses parents discuter longtemps encore. Par la porte ouverte, Maoro saisit des bribes de leur conversation.

– Au village, il y a encore beaucoup de travail pour finir les foins, dit Papa. Mais toi, tu pourras aller chez les Ferrini avec Maoro et voir si l'on peut trouver un logement. Luigi s'occupera bien des bêtes quelques jours.

– Toniolo pourra certainement nous emmener, dit Maman. Il va

169

tous les mercredis en ville avec son camion.

« La ville, murmure Maoro dans son lit, la ville. »

Ce mot l'enivre.

Les yeux fixés au plafond, il voit une forêt de maisons, les rues et les autobus qui fourmillent de monde. Des lumières s'allument : rouges, jaunes, bleues, comme pour la fête de Sainte-Anne, à Roveredo.

« Le soir, la ville ressemble à une gigantesque fête foraine », a dit Plinio.

Plinio!

Plus encore que de découvrir la ville, Maoro est impatient de revoir son ami.

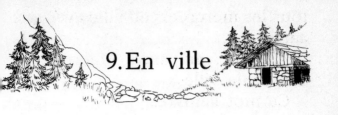

9. En ville

Maoro et sa mère partent en ville dans le camion de Toniolo, par un après-midi très chaud de fin d'été. Maman porte une petite valise et un sac à main, qui reste toujours enfoui dans les profondeurs de la grande armoire; il ne sort que pour les mariages ou les enterrements. Maman tient serré contre elle le sac, où elle a mis un portefeuille bien rempli.

Papa s'est résolu à vendre un cochon, pour que Maman puisse emporter de l'argent.

– C'est beaucoup d'argent! s'est écriée Maman, lorsqu'il a compté les billets devant elle.

Elle les a pliés avec soin. Elle pourra cette fois faire ses achats avec une bourse pleine, sans tourner et retourner chaque pièce au creux de sa main, avant de se décider.

Ils arrivent en ville en fin d'après-midi. Le soleil va bientôt se coucher, mais les rues sont lumineuses et gaies. Des foules de gens sortent des bureaux et des usines. Il a fait horriblement chaud et tout le monde est soulagé quand arrivent les heures tièdes de la soirée.

Mais pour Toniolo, derrière son volant, la journée n'est pas finie.

– C'est l'heure des embouteillages, grommelle-t-il.

Dans le flot des voitures, il a du

mal à se frayer un passage jusqu'à l'autre bout de la ville, où habitent les Ferrini.

Les maisons deviennent plus clairsemées. Au centre de la ville, elles se serraient les unes contre les autres comme les arbres de la forêt. A la sortie de la ville, elles s'élèvent tout en hauteur et sont séparées par des pelouses et des terrains vagues. Toniolo arrête le camion derrière un supermarché.

– Ça doit être ici.

Il montre une tour.

Maoro et sa mère descendent du camion et se dirigent vers l'immeuble. Une allée traverse des pelouses où le gazon est aussi fin que du velours. Maoro trouve cette prairie bien étrange : on dirait qu'elle est artificielle! Dans l'entrée, ils examinent longuement un tableau encadré de chromes rutilants, où sont alignés les boutons de sonnettes et les plaques avec les noms des locataires. Le nom des Ferrini se trouve dans la rangée supérieure sur une plaque neuve.

Maoro appuie sur le bouton, mais il ne se passe rien.

– Ils habitent au dixième étage. Vite, prenons l'ascenseur! dit Maoro, avec impatience.

Il veut guider sa mère vers la porte métallique, mais elle préfère aller à pied. Après tout, elle a l'habitude de grimper.

C'est alors qu'arrive un monsieur, vêtu d'un costume sable et d'une cravate. Il leur ouvre la porte de l'ascenseur.

– Je vous en prie!

Il sourit et Maman, qui voulait pourtant monter à pied, pénètre dans la cage étroite sans un mot.

174

– Quel étage? demande l'homme.

– Au dixième étage!

– J'y vais moi aussi.

Le monsieur appuie sur le bouton du haut, sourit à son image dans la glace placée au fond de l'ascenseur et rajuste son nœud de cravate.

Les étages défilent à toute allure.

Maoro se demande s'il ne s'est pas trompé:

– Ce sont bien les Ferrini qui habitent au dixième étage?

– Les Ferrini? Ah oui, les nouveaux. Ils habitent entre les Müller et les Wildhaber. Il y a quatre appartements par étage.

Prévenue par la sonnette du rez-de-chaussée, Mme Ferrini les attend sur le pas de la porte.

Il y a bien des jours qu'elle espère cette visite, qui lui apporte un peu de l'air du pays. Elle embrasse Maoro et sa mère, tandis que Tino et Tiziana, lancés à travers le couloir, se précipitent vers eux et s'accrochent aux jambes de Maoro.

– Et Plinio? demande Maoro.

– Il joue en bas dans la cour. Tiziana, appelle-le!

Mme Ferrini précède ses invités le long du couloir obscur et les conduit dans la salle de séjour. La mère de Maoro ne reconnaît pas les meubles familiers dans ce décor nouveau, ils paraissent tout changés. Ils sont rangés autour d'un buffet neuf en contreplaqué jaune vif qui trône dans la pièce. Les anciens meubles qui l'entourent paraissent intimidés et honteux.

– Où est le buffet sculpté? demande la mère de Maoro.

Après un moment de silence embarrassé, Mme Ferrini dit :

– Nous n'avons pas pu le loger ici. Nous l'avons vendu à un antiquaire.

– Il nous a rapporté beaucoup d'argent, dit Tiziana.

– Oui, avec cet argent, nous avons acheté des descentes de lit, que l'on prendrait pour de vrais tapis persans, et un nouveau buffet, moins encombrant et moins vermoulu que l'autre.

« Quel dommage », pense la mère de Maoro, mais elle ne dit rien.

Enfin, voilà Plinio. Les deux amis fêtent leurs retrouvailles avec une joie sauvage.

M. Ferrini rentre bientôt du travail. C'est la fête : tous mangent, rient, racontent des histoires et les Ferrini ont l'impression de se retrouver dans leur vieille maison, au village. Du moins pour quelques heures.

On parle aussi du logement que la mère de Maoro est venue visiter. C'est celui d'un collègue de M. Ferrini, qui va déménager et partir dans une autre ville à la fin de l'année.

– Tu te rends compte? L'été prochain, nous serions à nouveau des voisins. Ce serait formidable! dit Plinio.

Mme Ferrini est du même avis : – Allez voir l'appartement demain matin. Je ne pourrai malheureusement pas vous accompagner. Je travaille toute la matinée à la caisse du supermarché. J'emmène les petits à la garderie à 7 heures. Un peu embarrassée, elle ajoute : C'est seulement pour démarrer. Ça ne durera pas longtemps. Le déménagement a coûté cher et les loyers en ville sont élevés. C'est fou tout ce qu'il faut acheter. Les enfants ont besoin de vêtements, de chaussures, d'imperméables, de vestes, de survêtements de gymnastique, de chaussons, que sais-je encore?... Je ne veux pas qu'ils aient l'air d'arriver de leur campagne!

Maman la comprend bien.

– Comment trouvez-vous le travail à l'usine? demande-t-elle à M. Ferrini.

– Dans l'ensemble, ça peut aller. Les premiers temps, j'ai trouvé que c'était difficile. En montagne, même si l'on travaille dur, on peut prendre un peu son temps. On est son propre maître. Mais, avec le temps, on s'habitue à tout. Un travail régulier et bien payé, ça vaut bien quelques sacrifices. D'ailleurs, la vie en ville a aussi ses bons côtés...

Il est tard. Maman étouffe un bâillement.

– Oui, il est l'heure d'aller dormir, dit Mme Ferrini.

Elle va chercher des draps et fait le lit sur le canapé. M. Ferrini traîne un matelas dans la pièce pour Maoro. Couché au ras du sol, il voit une forêt de pieds de chaises. Sa mère est étendue sur le canapé. Avant d'éteindre la lumière, elle ouvre son sac à main noir et compte ses billets, pour vérifier qu'ils sont tous là.

Elle a hâte d'être au lendemain pour faire ses achats.

Le logement qui sera libre à la fin de l'année se trouve dans la même cité, quatre immeubles plus loin. L'appartement ressemble à celui des Ferrini comme deux gouttes d'eau. La visite est vite terminée. Il leur reste toute la matinée pour aller dans les magasins.

Maoro et sa mère descendent vers le supermarché par un escalier roulant. Maoro a l'impression de planer. On se croirait sur un tapis volant, comme dans les contes des Mille et Une Nuits. « Il faudrait des installations aussi pratiques pour monter aux alpages », pense-t-il.

Sa mère s'engouffre à l'intérieur du grand magasin.

Elle attrape un panier au sommet d'une pile et en donne un à Maoro :

– Il nous en faudra peut-être deux.

Le supermarché est une sorte de pays de cocagne, avec des montagnes de choses à manger, des forêts de vêtements suspendus à des barres et à des tourniquets, des rayons qui croulent sous les poupées, les ours en peluche, la vaisselle, les disques, les cassettes.

Maoro suit sa mère avec son panier et ouvre de grands yeux. Mille choses tentantes lui font signe et murmurent : « Prends-moi ! » Il suffirait de tendre la main et de les mettre dans le panier. Les ours en peluche lui font des clins d'œil, les petites voitures brillent de tous leurs feux sous des couches de laque rouge ou bleue. La musique qui vient du rayon de disque crée un climat de féerie.

C'est autre chose que le magasin de la vieille Sérafina, où il fait sombre comme dans une cave et où ça sent le renfermé. Sérafina surveille le moindre geste et, dès qu'on prend quelque chose, elle inscrit le prix sur la note. Pas question de laisser partir un bout de réglisse ou un chewing-gum sans les faire payer!

Maoro s'aperçoit soudain qu'il a perdu sa mère de vue. Il la cherche quelques instants et la retrouve cachée derrière une rangée de vêtements.

Elle agite en l'air un manteau.
– Pour toi, Maoro!

Elle tient le vêtement à bout de bras, l'examine, puis demande à Maoro de le tenir devant lui sous son menton. Elle recule d'un pas et regarde en clignant des yeux :
– La couleur te va bien!

Elle passe la main sur le col de fourrure. Les cousins de Maoro portaient ce genre de manteau à leur dernière visite. Maman avait admiré le similicuir et les capuchons doublés de fourrure synthétique.

Maoro essaie le manteau et se plante devant une glace. Sa mère hoche la tête d'un air satisfait.
– On le prend!

Quelques mètres plus loin, elle s'arrête encore. D'une corbeille où tout est entassé pêle-mêle, elle sort un foulard à grandes fleurs jaunes, offert pour un prix très avantageux.

Elle trouve ensuite un pull-over pour Papa, une veste de tricot pour Grand-Père et des sous-vêtements pour Maoro.

Les deux paniers débordent. Maman envoie Maoro en chercher deux autres.

Elle découvre sans cesse de nouveaux articles. Une nappe, un collier jaune, une nouvelle cafetière, des mouchoirs et des chaussettes pour Grand-Père viennent s'ajouter à leurs achats.

Un dernier arrêt avant la caisse : tout un assortiment de peignoirs sont suspendus les uns à côté des autres. Maman caresse l'étoffe soyeuse, les rubans et les dentelles.

– Regarde le peignoir parme! Il te plaît, Maoro?

Maoro fait signe que oui, avec lassitude.

Il en a par-dessus la tête de tourner autour des stands, d'aller de rayon en rayon, de porter les paniers et de dire « oui, oui... ».

Le peignoir posé par-dessus les autres achats, Maman prend sa place dans la queue devant la caisse. Ils sortent du magasin, chargés de sacs en plastique bourrés à craquer.

– Tu viens avec moi? Je retourne dans les magasins cet après-midi, lui demande Maman.

Mais Maoro n'a pas envie de l'accompagner. Il se sent les bras et les jambes lourds de fatigue, comme s'il avait cassé du bois toute la matinée. Au diable les supermarchés et les magasins!

Il préfère jouer avec Tiziana et Tino, en attendant que Plinio revienne de l'école à 4 heures.

Il emmène Maoro jouer dans la cour. C'est là que se retrouvent tous les enfants de l'immeuble.

Parmi eux, un grand costaud au nez retroussé donne des ordres à tout le monde et semble être le chef.

Maoro ne comprend pas ce qu'il demande, car le garçon parle

l'allemand, et Maoro ne connaît que quelques mots dans cette langue.

Plinio traduit :

– Ils veulent jouer aux gendarmes et aux voleurs.

Naturellement, le garçon au nez retroussé décide qu'il est le chef des gendarmes. Maoro et Plinio sont dans la bande des brigands.

Le chef des gendarmes poursuit Maoro sans relâche à travers les allées. Mais Maoro n'a pas l'intention de se laisser attraper facilement. Il va lui en faire voir à ce grand escogriffe!

Il tourne autour d'un réverbère, fait un crochet, saute sur une murette et se cache derrière un buisson.

Une fenêtre s'ouvre derrière lui.

187

– Alors, sales gamins! Vous êtes encore sur les pelouses!

Les enfants lèvent les yeux et aperçoivent le gardien de l'immeuble, accoudé à la fenêtre.

– Toi, là-bas, comment t'appelles-tu?

Il montre Maoro du doigt.

– Oui, toi! Tes parents seront mis à la porte si tu continues!

Les enfants se mettent à rire.

– Il n'y a pas de quoi rire!

– De toute façon, il n'habite pas ici! ricane le garçon au nez retroussé.

– En tout cas, il sait lire, non?

Le gardien montre la pancarte : « Pelouse interdite. »

– Il ne sait que l'italien, dit une fille.

– Evidemment, c'est toujours la même chose avec ces étrangers, grogne le gardien.

188

– Nous sommes tous des Suisses. Nous sommes des citoyens de la Confédération helvétique*, comme vous, proteste Plinio.

Mais la fenêtre s'est déjà refermée.

Ensuite les enfants jouent au ballon. Maoro le lance trop fort : il file au bas du talus et roule sur la route.

– Il se croit peut-être dans ses montagnes, dit le garçon au nez retroussé. Là-bas, il n'y a pas de voitures. Il n'y a que des veaux, et lui le premier!

Les enfants rient. Plinio rit aussi. Pour une fois, on ne se moque pas de lui, mais d'un autre. Maoro sent une piqûre au cœur lorsqu'il voit son ami rire avec les autres. Il fait comme s'il ne l'avait pas remarqué.

---

* *Confédération helvétique ou Suisse* : République fédérale de l'Europe centrale formée de vingt-trois cantons.

Mais il a encore mal, comme s'il avait une épine quelque part entre les côtes.

Et le soir, couché sur son matelas entre les pieds des chaises et de la table, il y pense encore.

Maoro n'arrive pas à s'endormir. Il fait une chaleur étouffante. Il n'y a pas un souffle d'air bien que la fenêtre soit ouverte.

Il se sent à l'étroit dans cette petite pièce. Il se sent à l'étroit dans la ville.

Maoro pense aux pelouses impeccables, qui ne sont faites que pour les yeux, aux arbustes qui les agrémentent : leurs maigres feuilles ne suffiraient même pas au petit déjeuner d'une chèvre.

Est-ce que Kobold et Bianca pensent à lui? Il ne pourrait pas vivre sans animaux. Plinio n'a même pas le droit d'avoir un chien à lui dans son appartement.

Non, maintenant, Maoro n'a plus envie d'habiter en ville.

Maman non plus ne peut s'endormir.

Elle rallume, ouvre son sac à main et compte l'argent qui lui reste. Elle a presque tout dépensé.

Tout cet argent envolé en une journée! Au village, il y en aurait eu pour des semaines.

Elle regarde le magnifique peignoir parme, posé sur le dossier de la chaise. A quoi bon un peignoir, quand on se lève à 5 heures pour s'occuper des bêtes? Maoro ne comprend pas pourquoi elle a l'air triste et déçue.

– Tu n'es pas contente de ton peignoir?

– Je n'aurais pas dû l'acheter.

– Mais il est beau.

– Beau et inutile, dit sa mère en éteignant la lumière.

Encore ce mot affreux que les adultes prononcent si souvent. Tout ce qu'on achète, même un cadeau, doit être utile. Le maître d'école a même divisé les animaux en deux catégories : les « utiles » et les « inutiles ».

La vache est utile. L'écureuil n'est pas utile.

Mais l'écureuil est si joli, avec ses yeux vifs et sa légèreté aérienne lorsqu'il bondit de branche en branche. Les fleurs, les papillons aussi sont inutiles. Il y en a pourtant des dizaines d'espèces.

Ils sont beaux et voilà tout.

– Tu sais? dit soudain Maoro.

– Quoi donc?

– Ton peignoir est utile quand même.

– Ah bon? Pourquoi?

– Parce qu'il est beau et parce qu'il te fait plaisir, et lorsque tu le mettras, tu seras jolie et Papa sera content.

Maoro entend le rire de sa mère dans l'obscurité.

– Tu penses trop, Maoro. Dors, maintenant.

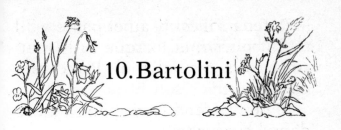

10. Bartolini

Deux jours après, Maoro et sa mère rentrent dans leur village, sur les pentes du mont San Bernardino.

– Comment était-ce en ville? demande Papa.

Maman raconte comment les Ferrini sont installés et ce qu'ils font. De temps en temps, elle s'arrête, laisse errer son regard et cherche ses mots. Papa, assis à côté d'elle, se tait et fume sa pipe. Maoro avait pensé qu'il parlerait des escaliers roulants, des ascenseurs et du grand magasin, mais maintenant il n'en a plus envie. Sa tête bourdonne après ce long voyage en camion et il désire surtout retrouver son lit.

Il demande à son père en lui disant bonne nuit :

– Est-ce que nous sommes vraiment obligés de partir en ville?

Son père se passe la main sur le front. Il fait souvent ce geste lorsqu'il fait les foins, pour essuyer la sueur de son front. Cette fois, il n'y a pas de sueur, mais de fines rides que Maoro n'avait encore jamais remarquées.

Son père répond sans lever les yeux :

– Je ne vois pas d'autre solution. Pourquoi? La ville ne t'a pas plu?

Maoro pense à ce qu'a dit M. Ferrini. Il a haussé les épaules et a conclu : « On finit par s'habituer à tout. »

Et Maoro va vite se réfugier dans sa chambre.

Maoro et sa mère remontent aux alpages. Le court été de la montagne tire à sa fin. En plein midi, les montagnes projettent déjà de longues ombres sur les prés. L'herbe prend des teintes brunâtres.

Un jour, Maoro cueille dans l'herbe des pâturages une fleur lilas aux pistils orangés et l'apporte à sa mère.

– Regarde comme elle a l'air artificielle! Elle ressemble aux fleurs en plastique des couronnes mortuaires!

– Une immortelle! dit Maman, surprise de voir apparaître déjà ce signe précurseur de l'automne. Nous allons bientôt redescendre avec les bêtes. Après-demain, tu reconduiras les chèvres chez Tante

Flora. Papa et moi, nous descendrons les vaches dans la vallée. Tu diras à Tante Flora de ma part, ajoute-t-elle en hésitant, que c'est la dernière fois que nous allons aux alpages. L'été prochain, nous serons probablement en ville.

– Papa y pense toujours? demande Maoro effrayé.

Sa mère soupire.

– Si seulement il trouvait du travail pour l'hiver! Nous pourrions peut-être rester.

Au lever du jour, Maoro commence à descendre vers la vallée avec les chèvres. Des lambeaux de brouillard montent le long des pentes.

Maoro conduit Kobold et Bianca à travers la forêt de pins.

Un peu plus bas, l'épais couvercle de brume se dissipe, le ciel apparaît, aussi bleu qu'en été, et entre les dernières traînées grises Maoro découvre la vallée, très loin au-dessous.

Les deux chèvres réchauffées par le soleil retrouvent leur entrain.

Kobold file à grands bonds le long des pentes et des talus. Il déborde de santé.

Bianca aussi a fière allure.

Bien sûr, on reconnaît la mignonne petite chèvre du printemps, mais elle a grandi, elle s'est arrondie et ses côtes ne saillent plus. Elle a pris un peu de graisse.

Maoro se sent léger comme l'air. D'un pas bondissant il fait des enjambées de géant.

Lorsqu'il arrive sur la route, il attrape les deux chèvres par le collier de cuir où sont attachées les sonnailles et ne les lâche plus que devant l'étable de Flora. Les bêtes semblent reconnaître le paysage familier. Kobold trotte vers la haie d'aulnes et grignote quelques feuilles.

Bianca, l'air satisfait, se dirige vers les marches de pierre qui conduisent à l'étable.

Maoro laisse les deux chèvres et va voir Tante Flora.

Pendant l'été, Flora a fait une petite *trattoria*, dans sa maison, qui est toute changée.

Devant la fenêtre, qui a été agrandie pour ouvrir un kiosque, des touristes achètent des cartes postales et du chocolat. Derrière la maison, en face de la cascade, des tables, couvertes de nappes aux couleurs gaies, sont installées à l'ombre de marronniers et de hêtres.

Les rires et les conversations des

clients se mêlent au bruit de la cascade.

Flora sort à l'instant de chez elle avec un plateau chargé de verres et de bouteilles. Lorsqu'elle aperçoit Maoro, elle pose le plateau par terre pour serrer son neveu dans ses bras.

— Te voilà revenu! dit-elle entre deux baisers. Où sont les chèvres?

Maoro tend le bras en direction de l'étable.

Tante Flora est toute surprise :

— Comment? C'est Bianca que je vois là? Elle m'a quittée toute petite et toute maigre, la pauvrette! Comment as-tu fait pour la transformer ainsi?

Maoro, flatté, sourit.

— Ah! Que je suis contente de revoir mes bêtes! s'écrie Flora en se penchant pour ramasser le plateau. Et dire que j'ai tant à faire. Ecoute, remplace-moi un moment.

Maoro remporte les verres vides, nettoie les cendriers, va et vient entre la terrasse et la cuisine et court entre les tables. Enfin, il a un moment de répit et peut s'asseoir à une table. Tante Flora apporte une bouteille de jus de pomme, deux verres, et s'assied près de lui.

– C'est la première fois de la journée que je peux souffler. Ma *trattoria* te plaît?

– Magnifique!

Maoro avale d'un trait son verre de jus de pomme. La longue marche en montagne lui a desséché le gosier.

– En tout cas, j'ai beaucoup de plaisir à m'en occuper, déclare Flora.

D'un air joyeux, elle parcourt du

regard la terrasse et regarde la cascade, avec ses gerbes d'eau glacée qui dansent.

– Bien sûr, ce n'est plus le calme d'autrefois. Regarde, nous allons encore être dérangés!

Un homme de petite taille installé à une table voisine se lève et se dirige vers eux. Il a le teint olivâtre et deux pointes de moustaches sur la lèvre supérieure.

– *Signora*, dit-il en italien avec un curieux accent, en faisant un grand geste du bras, voilà plus d'une heure que je contemple ces jeux d'eau. En les voyant, je ne peux m'empêcher de penser aux champs arides et desséchés de mon pays. J'habite en Calabre, tout au bout de la botte italienne. En cette saison, nous n'avons pas une goutte d'eau. Et ici, quel gaspillage! (L'étranger montre la cascade et secoue la tête d'un air désapprobateur.) Je suppose que vous les débranchez au moins la nuit?

– Débranchez quoi?

– Ces jeux d'eau, cette cascade.

– On ne peut pas l'arrêter! explique Tante Flora.

– L'eau ne s'arrête donc pas d'elle-même?

– Elle n'arrête jamais de couler.

– *Signora*, dit le petit homme avec emportement, vous ne prétendez tout de même pas qu'il arrive sans arrêt de l'eau nouvelle? Matin et soir? Eté comme hiver?

– Mais si, je vous assure, affirme Flora.

L'homme secoue la tête.

– *Miracolo*, soupire-t-il d'un air encore incrédule.

Puis il retourne s'asseoir et s'absorbe à nouveau dans sa contemplation.

Maoro va aider sa tante à laver les verres à la cuisine. A l'instant même où il prend le torchon, il entend au-dehors un concert de cris et d'imprécations.

Un bruit de verre cassé retentit.

– Ma robe! hurle une femme. Ma belle robe!

Les mains encore mouillées, Maoro sort en courant de la cuisine.

– C'est un bouc! crie une autre dame d'une voix suraiguë.

Une femme d'un certain âge, rouge d'indignation, montre du doigt quelque chose en direction des arbres.

– Il est là-bas, de l'autre côté! Un diable noir!

Un jeune homme, vêtu d'une veste de cuir rouge, se lance à la poursuite du bouc. Il attrape en passant une chaise de jardin par le dossier et la brandit d'un geste menaçant vers l'animal.

Le bouc recule et s'enfuit au bas du talus.

Une petite chèvre blanche, que personne n'avait vue, sort des buissons et court rejoindre le bouc.

Sur la route, on entend crisser des freins. Des portières claquent.

– Stupide animal! crie quelqu'un.

En un clin d'œil, la terrasse de Flora est désertée.

Tous les clients ont couru au bord du talus et regardent la route en contrebas.

– La pauvre petite chèvre! dit tristement une fillette, qui tient encore la paille rouge de son verre de limonade. Elle a été tuée.

Maoro se fraie un passage à travers la haie des curieux et se précipite sur la route. Entourée de plusieurs hommes les bras ballants, Bianca gît inerte devant le capot d'une voiture. Maoro s'agenouille et prend l'animal blessé dans ses bras.

– Espèce d'ahuri! hurle le conducteur de la voiture. Tu pourrais surveiller tes bêtes!

Maoro ne l'entend même pas. Il caresse la tête de Bianca. Dieu soit loué, elle respire encore. Elle bêle doucement. Maoro est soulagé de sentir soudain Flora à côté de lui. D'un coup de coude, elle écarte l'automobiliste et se penche sur Bianca. Ses mains calleuses de paysanne tâtent le corps de l'animal.

– Elle a la patte arrière cassée. Regarde comme elle pend. Il faut lui recoudre cette plaie au-dessus du genou.

– Emportez-la tout de suite chez

un vétérinaire, conseille l'un des hommes.

L'automobiliste proteste :

– Pas dans ma voiture en tout cas! Mes sièges sont tout neufs.

Un homme en bleu de travail se détache du groupe.

– Je suis là avec mon camion. J'emmène le garçon. Il portera la chèvre.

Tante Flora accepte avec reconnaissance. Elle connaît cet homme qui passe tous les jours devant chez elle avec son camion. Il transporte du gravier qu'il décharge sur le chantier de la route. De temps en temps, il s'arrête à la *trattoria* après le travail, pour prendre un verre de bière.

Maoro s'installe sur le siège avant, à côté de M. Bartolini, Bianca dans les bras.

Dans les virages, on entend le

crissement du gravier qui roule dans la benne. Des pelles s'entre-choquent avec un bruit de fer-raille.

– C'est ta chèvre? demande M. Bartolini.

– Non, elle est à ma tante. Mais je l'ai gardée cet été dans les alpa-ges.

– Ah... Et l'année prochaine, tu la reprendras, sans doute?

– L'été prochain? Nous aurons peut-être déjà déménagé pour la ville, répond Maoro d'une voix à peine distincte.

Le chauffeur lui jette un regard étonné :

– Comment ça?

– Papa ne gagne pas assez d'ar-gent. Nous avons eu un malheur avec nos moutons.

– Pourquoi ne travaille-t-il pas ail-leurs en automne et en hiver? A la construction de la route, par exemple.

– Il s'est déjà renseigné. On n'a plus besoin de personne, paraît-il.

M. Bartolini secoue la tête.

– Mais si. Il y a quelques semaines, on n'embauchait plus personne, c'est vrai. Mais, à l'automne, beaucoup de travailleurs étrangers s'en vont.

– Vraiment? A qui faut-il s'adresser?

Plein d'espoir, Maoro scrute le visage de l'homme en bleu de travail.

M. Bartolini sourit.

– Si tu veux, j'en parlerai à mon chef.

Ils arrivent bientôt chez le vétérinaire, qui recoud la plaie de Bianca et met une attelle à la patte cassée.

– Ne te fais pas de souci, dit-il à

211

Maoro. Ta chèvre fera des cabrioles avant le printemps.

Le même soir, à la tombée du
jour, M. Bartolini frappe à la fenêtre de la cuisine. Il veut parler au
père de Maoro.
Les deux hommes assis à la
grande table discutent longtemps.
– Dans quelques semaines, il y
aura d'autres places libres, dit
M. Bartolini. Mais par hasard il
y a tout de suite une possibilité.
L'homme qui conduisait le rouleau
compresseur a dû rentrer en Italie.
Il va reprendre le commerce de
son frère qui vient de mourir.
Papa observe :
– Je n'ai jamais conduit de rouleau
compresseur.
M. Bartolini se met à rire.
– Ça ne fait rien. Les nouveaux, on
leur apprend le métier.

– Et quand la neige commencera à tomber?

– Dès la première chute de neige, il nous faut des gens pour déblayer les routes.

Le visage de Papa s'éclaire.

– Dans ce cas, dit-il lentement, nous pourrions rester au pays.

Et il échange un regard avec Maman qui a suivi toute la conversation, les yeux brillants.

Après le départ de M. Bartolini, Maoro, qui ne peut rester seul, suit son père à l'étable. Il le regarde graisser ses doigts avant de traire, mettre en place le tabouret et presser le pis de la vache d'un geste régulier, jusqu'à ce que le lait jaillisse dans le seau.

Papa tourne la tête vers Maoro qui regarde le ventre rond de Moretta et lui demande :

– C'est bien que nous restions?

Maoro, immobile dans la tiédeur humide de l'étable, appuyé sur sa fourche, hoche gravement la tête en signe d'approbation.

Maoro retrouve avec joie son bon vieux lit cette nuit-là; le murmure de la Moesa berce son sommeil. Il voit en rêve son père juché sur le rouleau compresseur. Maoro et ses copains d'école le regardent avancer et reculer sur le goudron frais de la nouvelle route, dans le fracas du moteur.

Dorli, qui passe ses vacances d'automne au village, est parmi les spectateurs.

Au fond du tableau, Maman apparaît à la fenêtre de la cuisine, revêtue du peignoir parme qui va si bien à ses cheveux châtains, et fait un signe de la main.

Table
des matières

25 **rroû**

par Maurice Genevoix

Rroû, un chaton curieux, intrépide et fier, pousse chaque jour ses découvertes un peu plus loin : l'entrepôt où il est né, la cour, la rue, la maison d'en face, Clémence la voisine. Mais un matin, il rompt toutes les attaches et se sauve seul et libre, au seuil de l'hiver...

26 **le secret de jeremy**

par Patricia Hermes

A l'idée d'aller dans une école inconnue, Jeremy, dix ans, est prise de panique. C'est qu'elle a un lourd secret qu'elle ne peut partager avec ses amies, un secret que même ses grands-parents n'aiment pas évoquer. Maintenant tout le monde risque de le découvrir...

27 **en avant voyageurs!**

par Elizabeth Yates

En 1750, Guillaume, un jeune métis indien-français de seize ans, s'engage comme voyageur. Il part avec ses compagnons en canot de Montréal jusqu'aux confins du Nord-Ouest canadien pour rapporter des fourrures au péril de sa vie.

28 **une difficile amitié**

par Marilyn Sachs

L'amitié de Peter et de Veronica n'est pas très appréciée par leur entourage. Et le printemps de ses treize ans, va ressembler pour Peter à un combat sur tous les fronts : contre ses parents, contre les copains et même contre Veronica...

29 le mystère des grottes oubliées
par Hans Baumann

Lascaux, 1940 : quatre garçons découvrent une grotte aux parois couvertes de mystérieuses peintures. Ils guident dans «leur» grotte l'abbé Breuil, le spécialiste de la préhistoire, qui examine les bouquetins, les chevaux, les taureaux et s'écrie : «Votre grotte est la plus belle de toute la France et peut-être même du monde.» Et le savant commence son récit...

30 quitter son pays
par Marie-Christine Helgerson

Meng, ses petites sœurs et ses parents fuient la guerre qui ravage leur pays, le Laos. Après une longue marche dans la jungle inhospitalière, après une traversée dramatique du Mékong en crue, après la peur et la faim, la famille Xiong, épuisée arrive en Thaïlande. Existe-t-il une terre d'accueil où Meng et les siens retrouveront leur joie de vivre ?

31 mon bonheur s'appelle jonas
par Eliska Horelova

Dans une classe de 6ᵉ près de Prague, un psychologue demande aux enfants une rédaction sur le bonheur. Radka, onze ans, avoue que son bonheur serait complet si elle pouvait avoir cinq chiens et dix chats... Bonheur sans avenir, car ses parents ne le partagent pas du tout. Comment Radka arrivera-t-elle à les faire changer d'avis ?

32 le conteur de marrakech
par Tony Barton

Sur la grande place de Marrakech, est assis le conteur. Pour quelques piécettes, il raconte des histoires où se mêlent la magie et le merveilleux, la sagesse et l'humour. Elles sont peuplées de djinns et de goules et imprégnées de la saveur d'un peuple voué aux échanges.

33 l'harmonium
par Glendon Swarthout

James, treize ans, s'apprête à passer un Noël un peu triste, loin de chez lui, dans la ferme de ses grands-parents qu'il connaît encore mal. Pourtant, cette nuit de Noël sera celle des enchantements. Un agneau va naître au cœur de l'hiver. N'est-ce pas le signe que tout est possible? Grand-père et petit-fils en sont persuadés...

34 demain je repartirai
par Ewa Letki

Pierre marche avec difficultés en s'aidant d'une canne. C'est dur, de voir ses camarades courir, faire du vélo, jouer au ballon et de ne pas pouvoir les rejoindre! Pierre se réfugie dans le rêve... jusqu'au jour où il se lie d'amitié avec un plus grand qui l'aide à aller vers les autres.

35 une enfance en sibérie
par Victor Astafiev

La vie est si dure que les rapports se détériorent entre Ilia, onze ans et sa belle-mère. Après une scène violente, Ilia quitte la maison. Il est accueilli par des flotteurs de bois avec lesquels il descend le fleuve pour rejoindre le village de ses grands-parents. Auprès d'eux, Ilia se sent à la fois aimé, protégé et responsable...

36 jambes-rouges, l'apprenti pirate
par Hans Baumann

Jambes-Rouges est orphelin. A treize ans, il gagne sa vie en travaillant chez un meunier. Maltraité, il quitte son patron pour devenir marin. Mais le voici embarqué, contre son gré, sur un bateau de pirates... «Pirate un jour, pirate pour toujours!» dit le capitaine Barbe-Rousse. C'est compter sans la débrouillardise de Jambes-Rouges.

37 les arpents sur le sentier de la guerre
par Alan Wildsmith.

Tout le monde n'est pas d'accord sur le tracé de la nouvelle autoroute. John, qui suit la discussion des adultes avec le point de vue de ses douze ans, trouve qu'il est trop peu question de ses amis les Indiens et de leurs érables à sucre.

38 ouvert tous les jours
par Joan Lingard

Papa Francetti se retrouve à l'hôpital la jambe dans le plâtre. Maman est à l'étranger. Qui va tenir le petit restaurant qu'il n'est pas question de fermer, pour cause de concurrence aiguë? Paula et Toni tâcheront de l'ouvrir tous les soirs, avec l'aide parfois funeste du grand-père. Mais les affaires ne marchent pas fort, et Rosita, la petite sœur, a ses propres idées sur la question...

39 fables d'afrique
par Jan Knappert

Savez-vous qu'aux premiers temps du monde, tous les animaux étaient des animaux domestiques? Savez-vous comment certains quittèrent l'homme, et devinrent des animaux sauvages? Savez-vous comment fut créé le chameau? Et de quoi discutent l'araignée et le mille-pattes quand ils se font des confidences?

40 la flûte tsigane
par Bertrand Solet

La vie quotidienne de Yoska et des siens ne ressemble pas tout à fait à la nôtre. Ils aiment s'en aller sur les routes de France, loin de la ville. «Nous ne sommes pas des nomades, dit sa sœur Paprika d'un air fier, mais des Tsiganes de la tribu des Roms.» Le monde bouge et change, il y a de fascinantes machines, et l'école... Il faudrait à la fois rester tsigane et vivre comme les autres. Est-ce possible?

Et les autres surtout, accepteront-ils Yoska?

41 charlie l'impossible
par Barbara Morgenroth
Le rêve de Jackie c'est de posséder un cheval bien à elle. Depuis deux ans, elle n'a monté que le vieux Moose et les difficultés sont nombreuses. Le hasard, aidé par son père, offre à Jackie, Charlie, un magnifique alezan. «Avec lui, tout va devenir simple», pense Jackie. Mais elle va vite découvrir que Charlie a du caractère, beaucoup de caractère...

42 l'injure au soleil
par Joyce Rockwood
Colombe-de-pluie, la jeune Indienne Cherokee, a neuf ans lorsqu'apparaît le tout premier des quatre présages annonçant des événements sinistres. Colombe-de-pluie grandit et la vie s'écoule avec ses joies et ses rudesses. Mais l'anxiété croît, les interrogations se multiplient...

43 mon frère jack
par Joachim Hartenstein
Gaucher, treize ans, est handicapé du bras droit, ce qui lui vaut son surnom. Sa mère vient de se remarier, son beau-père ne fait pas attention à lui et il est le souffre-douleur de Jack, son demi-frère. Un jour, la coupe est pleine et Gaucher décide de lutter pour garder sa place dans sa nouvelle famille.

44 les chemins secrets de la liberté
par Barbara Smucker
Julilly et Lisa s'enfuient d'une plantation du Mississippi où elles sont esclaves. Elles tentent de gagner le Canada, pays où l'esclavage est interdit. Aidées dans leur fuite par un réseau clandestin, arriveront-elles à atteindre le pays de la liberté?

45 l'année du mistouflon
par Anne-Marie Chapouton
Les chasseurs de Lourmarin ont capturé et conduit jusqu'à leur village un mistouflon : animal à six pattes, au poil bleu ciel et qui parle ! En l'accueillant chez eux, les Lourmarinois se trouvent confrontés à une série de situations imprévisibles qui bousculent leur vie tranquille.

46 contes du panchatantra
par Leonard Clark
Onze contes de la tradition en Inde, mettant en scène des animaux et des hommes. Un univers de merveilleux et de symboles, fertile en rebondissements, en imprévus et en astuces.

47 stickeen, un chien de rien du tout
par John Muir
Une histoire vraie. Durant l'été 1880, un petit chien énigmatique emboîte le pas d'un explorateur au matin d'une expédition sur la côte de l'Alaska. La joie, l'étonnement, la grande faim de vivre sont au rendez-vous de cette aventure inoubliable.

48 le rouquin de lartigue
par Michel-Aimé Baudouy
Vers 1830, Pierrou, un jeune berger de douze ans se trouve mêlé aux événements qui opposent les habitants de la montagne ariégeoise à l'Administration des Forêts. Comment Pierrou et les siens arriveront-ils à récupérer leurs troupeaux bloqués par les gendarmes et les soldats ?

53 je dirai tout à lilka
par Henryk Lothamer
Une ville en ruines où la vie reprend peu à peu ses droits. Antolek a dix ans. Il raconte comment, avec sa sœur aîné Lilka et leur petite sœur, ils tentent de se débrouiller en l'absence de leurs parents. Au milieu des drames et des responsabilités, Antolek et ses copains trouvent la faculté de jouer et de vivre, et découvrent le prix de l'amitié et de la solidarité.

54 ne m'oublie pas maoro !
par Eveline Hasler
Maoro habite un petit village de la montagne suisse. La construction d'une route bouleverse la vie des gens du pays. Les parents de Plinio, le meilleur ami de Maoro, vendent leur ferme. Les soucis et les difficultés se multiplient pour les parents de Maoro. Devront-ils, eux aussi, abandonner la terre et aller chercher du travail à la ville ?

55 nous de peyrac en périgord
par Thalie de Molènes
« Un drapeau rouge claque au vent sur le toit de la Tuilière. C'est le signal : un copain a un problème. » Mélina court rejoindre ses amis dans leur repaire. Les jumeaux annoncent : « Nos parents veulent quitter le pays. » Que faire pour éviter ce départ ?
Trouver de l'argent. Mais comment ? Mélina a une idée : chercher le million parachuté pour le maquis durant la guerre et jamais retrouvé. Aussitôt la course au « trésor » commence.

56 un vol mouvementé
par Joan Phipson
Margaret vit avec son père en Australie. La veille de son départ pour Londres, où elle va rejoindre sa mère le temps des vacances, elle assiste, révoltée, à la capture de perruches sauvages. Elle apprend ainsi l'existence d'un trafic d'oiseaux rares. Dans l'avion, Margaret, encore bouleversée, se met en tête que ses voisins de fauteuil sont justement des « trafiquants de perruches ».

Cet
ouvrage,
le cinquante-
quatrième
de la collection
CASTOR POCHE,
a été achevé d'imprimer
sur les presses de l'imprimerie
Brodard et Taupin
à La Flèche
en octobre
1982

Dépôt légal : novembre 1982
N° d'édition : 11 452. Imprimé en France
ISBN : 2-08-16-1755-2